MADAME GRISE S'EST LEVÉE
AU MILIEU DE LA NUIT

DU MÊME AUTEUR

Mourir au hasard, Denoël, 1982
Sous le vent du monde (tome 1 : *Qui regarde la montagne au loin*), avec la collaboration d'Yves Coppens, Folio n° 3031
Sous le vent du monde (tome 2 : *Le nom perdu du soleil*), avec la collaboration d'Yves Coppens, Folio n° 3313
Sous le vent du monde (tome 3 : *Debout dans le ventre blanc du silence*), avec la collaboration d'Yves Coppens, Folio n° 3462
Sous le vent du monde (tome 4 : *Avant la fin du Ciel*), avec la collaboration d'Yves Coppens, Folio n° 3716
Sous le vent du monde (tome 5 : *Ceux qui parlent au bord de la pierre*), avec la collaboration d'Yves Coppens, Folio n° 3831
Les caïmans sont des gens comme les autres, Denoël, 1996
La Forêt muette, Veticales, 1998 (Points n° 731)
Ce soir les souris sont bleues, Folio n° 3312
Natural Killer, Rivages noir n° 343
L'Été en pente douce, Folio Policier n° 210
Méchamment dimanche, Héloïse d'Ormesson, 2005
L'Ombre des voyageuses, Héloïse d'Ormesson, 2006
Les Normales saisonnières, Héloïse d'Ormesson, 2007
Les Promeneuses sur le bord du chemin, Phébus, 2009
L'Ange étrange et Marie-McDo, Fayard, 2010
Maria, Héloïse d'Ormesson, 2011 (Le Livre de Poche n° 32500)
Petit éloge des saisons, Les Pérégrines, 2013
La Ville où les morts dansent toute leur vie, Fayard, 2013
Elle qui ne sait pas dire je, Héloïse d'Ormesson, 2014
C'est ainsi que les hommes vivent, Les Presses de la Cité, 2016
Une autre saison comme le printemps, Héloïse d'Ormesson, 2016
Debout dans le tonnerre, Héloïse d'Ormesson, 2017
Braves gens du Purgatoire, Héloïse d'Ormesson, 2019 (Pocket n° 17779)
Ailleurs sous zéro, Héloïse d'Ormesson, 2020
Les Jardins d'Éden, Gallimard, 2021
Un autre pas dans la rivière, Les Presses de la Cité, 2021
Se souvenir encore des orages, Les Presses de la Cité, 2022

Pierre Pelot

MADAME GRISE S'EST LEVÉE AU MILIEU DE LA NUIT

Les Presses de la Cité

La Croque buissonnière a paru en 2008 chez NiL Éditions ; *Petit éloge des saisons* en 2013 aux éditions Les Pérégrines et *Porte close* dans la revue *Zadig* n° 5 en 2020.

92, avenue de France – 75013 Paris
ISBN 978-2-258-20423-2
Dépôt légal : septembre 2023

Sommaire

LA CROQUE BUISSONNIÈRE

PETIT ÉLOGE DES SAISONS

HIVER

DES MURMURES À CHANTER

ET À MANGER

FOLLES ET JOYEUSES COMPLAINTES

HISTOIRES AU VENT GENTIL

LES LOUPS

LA CROQUE BUISSONNIÈRE

Orties

Elles accompagnaient nos jeux de pirates et d'Indiens. Elles étaient presque de toutes les expéditions, en forêts ou ailleurs, elles nous voyaient passer dans nos shorts aux couleurs d'été, harnachés, coiffés de plumes, hurlant, brandissant des arcs de noisetier à la courbure rien de moins que flageolante. Elles hochaient la tête, indulgentes, sans nous tenir rigueur des percées que nous lancions parfois dans leurs rangs à grands coups de bâtons… Comme des ombres de voyageuses revenues de bien loin, elles nous voyaient passer, l'âme et l'haleine chargées de sucs et d'épices indicibles, exotiques chez nous un jour ancien de retour de néants intouchables…

Certes… ça brûle. Quand on y met la patte. On s'y frotte et on s'y pique, c'est même un vieil adage.

Alors qu'il suffit de les caresser dans le sens du poil…

Ça n'a pas l'air méchant, pourtant, ça ne porte pas de griffes, de piquants ni d'épines, ce n'est même pas une ronce, une rose, et ça n'a pas de dents, rien d'apparence mauvaise.

Elles sont même plutôt jolies, sur leurs hautes tiges élancées, avec leurs feuilles frangées de dentelle, leurs mignonnes fleurs timides, discrètes, aux fragrances délicates qui ne vous saoulent pas les narines au détour de quelque imprudente *reniflade*.

Les orties.

Les orties de mauvaise vie, au sens où on le dit des dames qui font et vont pour nous la rendre belle.

Et qui vont, les farouches, en hordes chevelues jusqu'au diable vauvert, en toutes terres, tertres, creux et sommets, tous les terrains qu'ils soient vagues ou point, les bords de sentiers, les chemins de traverse, les dépotoirs et les ravins, et les endroits généralement mal fréquentés.

En meutes, ou solitaires, dans la moindre faille d'asphalte, vous en pouvez voir une au moins pointer quenotte.

Ce qu'aux canins sauvages sont mes amis les renards de bon aloi, telles les orties se dressent parmi les herbes dites folles.

Courbant la tête au moindre vent sous cette mauvaise réputation urticante qui vous est faite à la traîne de nos cuisants souvenirs enfantins, quand sur nos jambes nues maigrelettes nous traversions sans méfiance vos cohortes silencieuses, mesdames… Sans doute avons-nous tendance à ne nous souvenir plus crûment que du pire. Mais plus tard, pourtant, il s'est toujours trouvé une mère, une grand-mère, une parente quelconque, pour vous proposer le meilleur sur un coin de nappe ou de toile cirée en nous offrant par presque surprise la première assiettée de soupe aux orties-mais-non-qui-ne-piquent-plus-gros-nigaud…

Quand c'est cuit c'est cuit. Un sanglier vous chargera-t-il encore en gigot ?

Bien au chaud sous la pâte brisée, plus de danger. Ça vous ronronnera au palais, avec un petit goût sauvage de gibier, à la première salive. Mon père était chasseur et j'ai mangé du renard avant qu'il soit mon totem ; toute honte bue, j'en garde avec l'ortie cette souvenance-là aux papilles.

Après que sont blondis des oignons émincés dans un rien d'huile d'olive, ajoutez les orties lavées et grossièrement hachées, puis de l'ail écrasé. Laissez faire, jusqu'à ce que ça *fristolle* un brin, comme on dit chez moi – jusqu'à ce que ça chantonne gentiment.

Une fois touchée la tendresse de presque cuisson, ajoutez les œufs battus, la crème fraîche, le sel et le poivre, et versez ce mélange sur le lit de pâte dans le moule à tarte, chapeautez le tout du reste de pâte en couvercle, bords soudés, un petit trou une cheminée, un badigeonnage au jaune d'œuf et zou ! Trente-cinq minutes à four moyen.

Moins de trente-cinq minutes après la cueillette, vous dégustez une magnifique tourte aux orties. Vous n'en revenez pas !

Après la pluie, quand les brumes se peignent aux sapins, on dit ici que les renards fument. Et les orties hochent la tête dans leurs pensées de feu couvant.

Choucroute

Évidemment, il convient en premier lieu de savoir bien les planter. On disait chez nous les *repiquer*. On achetait des replants et on les *repiquait*, dans un des deux jardins, celui qu'on nommait *le champ*. C'était ma mère qui les repiquait. Certaines tâches jardinières lui incombaient, comme si elles étaient tout spécialement réservées aux femmes tandis que les hommes labouraient, bêchaient, fouissaient…

Mon père retournait la terre, la buttait, la hérissait de rames en faisceaux pour les haricots, recouvrait les plates-bandes de branchages pour en éloigner les oiseaux et les chats ou autres chevreuils téméraires, ces choses-là. Traçait à petits pas latéraux de ses sabots *courtes-gueules*, bord à bord, les allées de terre aplatie entre les différents secteurs de légumes, quand il avait bêché.

Moi je ne faisais rien. Ou le moins. Ou très peu. Ou forcé et contraint. Le jardinage n'était pas, n'est toujours pas, mon fort. Je jouais. (Rien n'a changé...) On m'y traînait par la peau du cou. (Plus maintenant.)

Et puis voilà que *de conserve* avec la population du jardin, dans un grand élan somme toute plein de mystère et de force, ils poussaient. Au fil des jours. Braves et gaillards. Fallait voir comme. De trois ou quatre feuilles malingres sur même pas une tige et quelques filaments de racines, fourrés dans un trou de rien ouvert d'un coup rapide de plantoir, voilà qu'ils grandissaient, se gonflaient, s'arrondissaient, prenaient de la pomme, voilà, les bougres, qu'ils devenaient ce pour quoi ils avaient été mis en terre : des choux.

Des choux reconnaissables. Identifiables.

Ils étaient de deux sortes, une colonie plus discrète que l'autre : les frisés d'un vert soutenu dans leur collerette évasée, confortables, dans lesquels naissent les enfants, ceux-là aux odeurs soutenues, faits pour la soupe, la potée, ceux qu'on farcit, qu'on tranche en lanières, qu'on fourre en papillotes. Et puis les autres, chez nous les plus nombreux : les cabus. Les bons gros choux ronds et fermes et serrés, qui grossissaient tout nus sans falbalas, et se mangeaient en pot-au-feu, accompagnement de saucisse et de pièces fumées, de petit salé, et surtout… surtout ! raison première de leur existence : la choucroute.

Nous y voilà.

La choucroute, la vraie. L'authentique. La pur jus. Non pas celle que vous achetez dans quelque officine, généralement bouchère, coupée très finement et très régulièrement à la machine, stockée par tonnes, proche au final de la bouillie, ni celle, horreur des horreurs juste au-dessus de celle qu'on vous servira, mais vous l'aurez cherchée, dans quelque restaurant à l'enseigne alsacienne : en boîtes… Non point. La véritable, dis-je. L'artisanale. La familiale. La toute personnelle.

L'automne venu dans ses couleurs charriées des chaleurs estivales et ses premiers matins frisquets au bout des doigts, on les récolte. Les choux. La récolte, j'aimais bien. On arrachait, on coupait le pied, on enlevait les premières feuilles fripées, ça allait bien, ça allait vite, et quand c'était fini les belles boules pâles s'entassaient dans des paniers de saule tressé sur le bord du jardin et les feuilles rejetées et les pieds et racines abandonnés sur place iraient au fumier.

On embarquait les paniers à bras ou dans la brouette jusqu'à la maison, où on les enfournait. Sous terre. Dans cette pièce juste avant la cave proprement dite, une sorte de buanderie contenant essentiellement un double bassin de béton dans lequel ma mère faisait la lessive en hiver (aux autres saisons c'était à la rivière) et la pompe de fonte à bras qui servait à son remplissage. La tâche m'en incombait souvent. Tirer, pousser le bras de la pompe, prendre le rythme associé au mouvement et au crachat spasmodique de l'eau, surveiller la montée du niveau qui n'en finissait pas : un remplissage prenait bien trois quarts d'heure, autrement dit des siècles, le tout étant de trouver pour la pensée un terrain propice à la fuite…

Dans leurs paniers rougeâtres, les choux attendaient. Ils attendaient monsieur Botton.

Il s'appelait monsieur Botton. Il arrivait un soir, généralement après sa journée de vrai travail au tissage. Coupeur de choux n'était pas sa vraie profession. Mais il possédait un *fer*.

Il arrivait à pied, ou alors à vélo, l'instrument en bandoulière sur le dos. Un *fer* à choux, je n'en connais pas d'autre nom, constitué d'une planche longue d'un bon mètre vingt et large d'une trentaine de centimètres, avec en son centre les lames de coupe affleurantes, quatre, parallèles, inclinées d'une trentaine de degrés par rapport à la longueur. Sur cette planche coulisse un cadre en planchettes, au carré, d'une dizaine de centimètres de haut, dans lequel sont placés les choux, deux ou trois selon la taille, et que l'on fait glisser et qui sont donc ainsi guidés et râpés en brins ou lanières fines. À la saison, monsieur Botton se déplaçait ainsi plusieurs jours pour aller couper les choux chez ceux qui ne possédaient pas l'outil. Je ne sais pas s'il le faisait simplement pour rendre service ou se faisait payer.

Nous descendions dans le lavoir, un drap de lit avait été placé au creux des bassins, le fer placé en travers, reposant à chaque extrémité sur les bords, et la râperie commençait après un verre de vin pour se mettre en train. C'était monsieur Botton qui coupait, faisait aller et venir sur les couteaux le cadre rempli de choux. Mon père enlevait les ultimes feuilles flétries des têtes, retirait le trognon d'un coup de cette espèce de gouge conique à manche de bois perpendiculaire, coupait le chou en deux afin qu'il s'encoigne mieux dans le cadre de la glissière. L'odeur de la taille montait avec le bruit saccadé et chuintant du bois glissant sur le bois, le bruit des choux taillés par les lames…

Il fallait peu de temps en fait pour que les bassins soient remplis à ras bord des copeaux torsadés du légume, que les paniers ne contiennent plus que quelques feuilles à jeter et les cônes durs retirés qui nourriraient les lapins. La chose faite et un autre verre de vin bu, le coupeur s'en allait.

Ma mère nous rejoignait et nous passions à la cave où le tonneau avait été récuré, frotté à la brosse de racines, rincé. On en couvrait le fond de feuilles entières, et puis une couche de dix centimètres de chou coupé qu'on saupoudrait de gros sel et de grains de genièvre et de poivre, une autre couche de chou bourrée au poing, sel, chou, sel, poivre et genièvre, chou… jusqu'à remplir la belle panse du tonneau et vider les bassins. Au final, un torchon blanc plié touchant le bord du récipient, un couvercle de bois exactement ajusté au tonneau avec juste assez de jeu pour coulisser et sur le couvercle la belle pierre lourde, le gros galet bleu de rivière appuyant de tout son poids. Moins d'une heure plus tard, l'eau rendue par les choux dépassait le couvercle et montait à mi-pierre. La magie commençait…

Ma maison d'aujourd'hui n'a plus de cave. Plus de lavoir. Je n'ai plus de jardin, sinon deux mètres carrés dans lesquels mon épouse plante bon an mal an quatre plants de tomates pour en récolter trois que nous gobons cérémonieusement. Nous achetons nos choux chez le marchand de choux. Un beau-frère me prête le temps d'officier le fer à choux de son père, ustensile devenu rare. Je tends un drap de lit dans la baignoire et je râpe ! Je n'ai plus – non plus – de tonneau. Une demi-baignoire de choux coupés me *fait* deux gros pots en grès : ma choucroute de l'année.

Le plaisir n'est pas mince au bout d'un mois de fermentation que d'aller se servir une première fois au pot de grès et d'en soulever la pierre, le couvercle de bois, d'en retirer le torchon, de laisser l'odeur forte, âcre, monter et vous emplir les narines.

Cette choucroute-là, croquante à la naissance, se rince plusieurs fois, à grande eau, se goûte du bout des dents et de la langue jusqu'à l'absence du salé. Voire se blanchit. Se couche en cocotte de fonte sur un tapis de lard, en compagnie de saucisse et de pièce fumée, poitrine, collet, de bière douce, cocotte fermée, à feu doux deux bonnes heures. Mieux encore : en cocotte de terre, couverte comme un cocon, et au four. Les pommes de terre se cuisent à part, épluchées et à l'eau. Les knacks[1] aussi, en prenant garde à ne pas les éventrer par trop d'ébullition. Je connais des gaillards qui ne reculent pas devant un boudin noir, au four lui aussi, servi en accompagnement.

Un plat de cette corpulence posé sur la table suscite le silence respectueux, une poignée de secondes. Rien de forcé ni rien de rituel : l'ordre des choses tout bonnement. Si les premières bouchées se dégustent sans un mot, la suite demande la parole, les échanges, la joie, le rire. Toujours dans l'ordre des choses et

---

1. La knack est une spécialité culinaire alsacienne. Il s'agit d'une saucisse à base de viande de porc, dont le nom dérive du verbe allemand *Knacken*, qui décrit le bruit que fait la saucisse quand sa peau éclate sous la dent.

quasiment jusqu'au rot qui sera à peine conclusif – car volontiers on y repique, d'une dent de fourchette, la pointe du couteau, une miette, une tranche, une demi-bouchée frisée et juteuse, un soupçon, à même le plat dont les reliefs restent trônant. On parle désormais avec plus de lenteur de choses dont l'agrément tient surtout et d'abord dans le peu d'importance. On tient en somnolence, la bride sur le cou, des propos reposés. Quant au lendemain…

Car cette choucroute-là, pas une autre, est au nombre de ces plats qu'on ne voudrait jamais quitter. Qui ne vous quittent pas après une simple visite. Comme le cassoulet. Comme la potée. Comme le gratin de pommes de terre aux olives et au thon. Comme le pot-au-feu. Le bœuf bourguignon… *Les plats qui se réchauffent*. Meilleurs encore si possible – et bien souvent ça l'est !

Cette choucroute-là, venue de votre cave, votre sous-sol, de votre pot en grès, se réchauffera mélangée à des pommes de terre coupées en petits quartiers, sautés, dorés, craquants sur le pourtour et moelleux à l'intérieur.

Et je ne dirai rien de cette réchauffée, sans les *petits quartiers*, froide, en sandwich, enrubannée de moutarde…

Patates

Ah les patates !

Quelle belle, grande, fabuleuse invention que les patates ! Que serait le monde, je vous le demande en mille, sans la patate… On n'ose à peine l'imaginer. On n'ose, mais essayons quand même ne serait-ce que pour mieux nous recroqueviller dans notre bonheur de nantis.

Le monde sans pommes de terre…

Foutredieu, mais alors pas de gratin dauphinois, pas de purée, pas de pommes dauphines, de beignets, et si pas de beignets de patates alors je me demande si le pissenlit (en salade accompagnatrice) vaut la peine d'être vécu, je n'en suis pas certain, c'est terrible ces ricochets, ces balles perdues : no patates et no pissenlits, qui l'eût cru ?

Et pas de purée, pas de farcies ! Vous entendez bien : pas de pommes de terre farcies ! Autant dire que le monde n'aurait pas dépassé, allez, le pléistocène. Horreur. Pas de potée, pas de choucroute, car malheur à la choucroute sans pommes de terre cuites à l'eau, pas de pot-au-feu ! *pas-de-pot-au-feu…*

Pas de potage poireaux-pommes de terre. Avec des petites miettes de jambon à l'os dedans. Eh non. Ou du jambon blanc, si pas à l'os. Du jambon dit de régime. Eh bien non non plus. Non non.

Pas de boulettes de purée de la veille chapelurées et repassées dans la matière grasse, un soupçon, juste de quoi dorer une croûte croquante, à la poêle.

Pas de salade de pommes de terre, tiens ! La bonne blague, pas de salade de pommes de terre avec des œufs durs et de l'huile de pépins de raisin et du vinaigre de miel et des échalotes, une pointe d'ail, des ciboulettes, voire des câpres, éventuellement un ou deux anchois, et vous savez quoi ? Des sardines ! En boîte. Ou encore l'autre version : salade de pommes de terre avec sauce yaourt, eau, sel, poivre, moutarde – et cervelas… eh bien non. Sur tout cela aussi une croix.

Pas de patates ? Donc exit les patates à la bière et au paprika. Comme je vous le dis. Si simple et si goûteux – une cocotte, en fonte, j'y tiens, des pommes de terre épluchées et coupées en gros morceaux, une cannette de bière (son contenu, pas la cannette) ou deux, selon la grosseur de la cocotte, of course, saupoudrer de paprika, hop, tout ça tout rouge, couvrir, vingt minutes à feu moyen –, quoi de plus simplissime ?

Parce que, je ne sais pas vous, mais moi, les beignets de pommes de terre cités plus haut, je les aime aérés. Pas compacts, dans la pâte, vous comprenez ? Ce qui signifie, râpés avec une grille plutôt grosse, de quoi donner des sortes d'allumettes, petites mais des allumettes. Certains diraient des pommes-paille. Bon. Et puis vider l'eau que donne ce râpage, nous ne sommes pas en train de faire de la colle, ajouter de la farine et un ou deux œufs c'est selon la quantité de râpé, deux œufs pour une bonne jatte, un honnête saladier, d'accord ? Et zou, dans une poêle avec de l'huile d'olive. Pas trop gros, les beignets. La valeur d'une solide cuiller. Pas trop épais non plus. Et du coup ça vous les bronze à travers les mailles et les dore en surface, pour *craquotter* sous la dent et n'y coller point. Bien. À manger chauds, bien chauds, cela va sans dire, accompagnés de salade, je le disais, de pissenlits. Des tendres. Des pas gros, des dents-de-lion si l'on veut mais plutôt genre lionceau. Une sauce huile-vinaigre-échalotes finement hachées, je suis assez échalotes, j'en glisserais partout, c'est comme à une époque le nuoc-mâm ou le paprika, j'en collais même dans la choucroute, du nuoc-mâm, et de la fish sauce, de la sauce soja, si si, je vous jure, et ce n'est pas mauvais du tout, ma choucroute, en ce temps-là, je la mangeais avec des baguettes ! or donc des échalotes c'est ma friandise dans les sauces, les nems, les rouleaux de printemps, le risotto. Le risotto. À l'échalote, je le fais. D'aucuns c'est l'oignon. D'autres non. Donc, des échalotes dans la sauce de salade pour les pissenlits, et des rondelles d'œufs cuits durs et aussi des carottes cuites froides et coupées en minces rondelles. Voilà. Avec les beignets de patates.

C'est comme les *farcies*. Chez nous, on disait les *farcies* et on savait de quoi il était question, il ne pouvait s'agir QUE des pommes de terre. On ne farcissait rien d'autre. Les tomates n'étaient pas légion, les courgettes encore moins, leur mode ailleurs que dans nos potagers familiaux. Les *farcies*, disais-je, c'est comme les beignets de carnaval : il n'y a pas deux personnes qui les font de la même façon. Les *farcies* se suivent et ne se ressemblent pas. Ça tient bien sûr et en grande partie à la composition de la farce, mais aussi à la taille et la coupe des patates sans oublier la cuisson. Ce qui revient à dire que tout compte, en somme, dans ces particularités. La manière familiale préconisait une patate ferme et de bonne santé, de la taille d'un demi-poing, en gros, de forme plus oblongue que ronde – important. Elle était coupée dans le sens de la longueur, pratiquement en deux moitiés égales, chacune des parties creusée à la petite cuiller et chacune des parties creusées remplie de farce, puis jointes face à face, et il n'était pas rare qu'on les ligotât de quelques tours de fil à coudre pour les maintenir accolées.

La farce, à présent. Certains pratiquent la chair à saucisse... Pourquoi pas le steak haché ? La seule farce digne de ce nom est issue de viande cuite et froide de pot-au-feu, sans en retirer le gras, d'oignons, de persil, une gousse d'ail, tout cela mouliné au moulin mécanique dont on tourne la manivelle à la main. La cuisson en cocotte couverte, dans une lichette d'huile. À petit feu, sans découvrir afin qu'agissent simultanément les deux procédés de cuisson : l'huile qui frit et dore et la vapeur qui cuit en profondeur, le tout dans un petit grésillement sympathique qui tournicote sous le couvercle, trois petits quarts d'heure... je ne vous dirai rien de l'odeur échappée à la première levée du couvercle. La merveille se déguste accompagnée d'une salade verte, mâche c'est bien mais laitue n'est pas mal non plus, dont on veillera que l'assaisonnement en vinaigre ne soit pas flingueur comme c'est malheureusement le cas souvent, et il n'est d'ailleurs pas fou de lui préférer, au vinaigre, un jus de citron.

L'autre école de la farcie pratique le perçage du tubercule à la va comme je te troue, un creux, donc, qui ne sera pas recouvert, bourré de farce, et en avant la musique sans plus de fioritures, les petits *chapeaux* – allez savoir pourquoi on appelle ça des *chapeaux* – résultant des forages, cuits en accompagnement, davantage pour ne pas jeter que pour autre chose... Dans la famille de mon épouse, ils trouaient... elle a perpétué la tradition. Chez moi, nous étions fendeurs-juxtaposeurs-ficeleurs... Une autre école encore (si l'on peut dire) admet dans la casserole la compagnie de tomates, farcies elles aussi, mais cela devient n'importe quoi.

Le monde sans patates... J'ai gardé l'abominable pour la fin. Le pire de tout. L'inconcevable.

Un monde sans frites.

Sans frites, sans moules, et sans vin de Moselle.

Un monde amputé.

Les meilleures frites que j'ai mangées remontent dans mon souvenir à plusieurs paquets de dizaines d'années, comme le temps passe.

Cousins et voisins m'étaient compagnons de jeux et nous avions onze, douze ans, c'était l'été, les grandes vacances finissantes qui mordaient largement sur septembre, en ce temps-là, du soleil encore brave, des lambeaux de serein sur la rivière les soirs et le matin des rosées d'importance qui nous trempaient les baskets.

Nous avions une cabane, que nous voyions confortable, qui en vérité ne devait pas dépasser en taille une grosse niche de chien, mais attention ! Attention. Cabane de briques maçonnées, madame, une porte, une fenêtre (50 × 50 cm), une charpente et une couverture de tuiles. Mon père, charpentier menuisier occasionnellement maçon, avait aidé... Une cabane au bord de la rivière, le rêve ne peut faire mieux (au bord d'un étang, éventuellement...). Une cabane avec plancher, et... cheminée. C'est-à-dire un âtre et des montants construits en briques récupérées ici et là et principalement dans la rivière ; pour hotte à fumée une pièce de ferblanterie qui n'était autre qu'une sortie d'eaux grasses, trouvée dans la rivière également, retournée tuyau en l'air...

Et nous faisions du feu dans ce foyer.

La cheminée étant ce qu'elle était, la fumée sortait de partout par les fentes et interstices, sous les tuiles, la porte, la fenêtre, partout. Nous y survivions, ayant sans doute acquis par force d'habitude la faculté, perdue depuis, de respirer cette atmosphère sans étouffement, quelques larmes dans les premiers instants, mais pas pire.

Au cœur de l'été et des canicules alors courantes que la vieillesse de France supportait gaillardement (le vieux n'est plus ce qu'il était), nous souhaitions, il m'en souvient, la pluie et le froid qui nous eussent donné prétexte à l'allumage d'un bon feu pour réchauffer nos jeunes os, serrés autour de l'âtre dans notre beau logis. Nous y tenions à quatre, maximum, aux trois quarts de la station debout sous le faîte, impossible de faire mieux. Sinon assis. Il n'y avait pas de meubles… Et comme la canicule durait, nous jouions aux froidures et allumions quand même et nous réchauffions, en short et trempés de sueur, dans la fumée épaisse qui ne manquait pas d'inquiéter ma grand-mère quand elle remarquait la cabane fumante et qui la fit plus d'une fois accourir, pin-pon-pin-pon, porteuse d'une cruche d'eau pour éteindre le désastre et nous sauver d'une fin atroce…

Dans cette cabane nous mangions. On jouait à manger pour de vrai.

Notamment des frites…

Le champ était à une portée de flèche. Après le *crochage* et l'arrachage des pommes de terre, il en restait toujours quelques-unes, oubliées sous les *bois* retournés (ainsi nomme-t-on ici les plants de pommes de terre, peut-être ailleurs aussi, du reste, je ne sais pas) et que nous allions donc glaner, à la maraude. On en trouvait trois, quatre, parfois grosses, avec le sentiment d'avoir découvert des pépites, ou celui du chasseur se dégotant une proie. Du bonheur fier de trouver sa nourriture… On les pelait au couteau, prenant garde à ce que l'épluchure ne fût pas hors normes et gâcheuse, dans un souci de mesure qui ne nous serait certes pas venu, dans le cadre légal familial… Nous les taillions joliment régulières, plus façonnées que coupées, avec le souci qu'elles ne fussent pas trop épaisses et récalcitrantes à la cuisson.

Je n'irai pas aujourd'hui dénoncer le chapardeur de la bande qui nous fournissait en huile, siphonnée au litre domestique parental et livrée en triomphe dans quelque bouteille de sirop pour la toux hors d'usage et préalablement rincée. (Il se pourrait que ce fût moi, à la réflexion.)

Nous n'avions pas de bassine à friture, ni de gamelle suffisamment fiable pour en jouer le rôle, mais une sorte de boîte ronde en fer qui avait dans ses beaux jours contenu des bonbons, que nous avions emmanchée d'un morceau de branche de noisetier, et à qui nous faisions jouer en relative confiance l'office de poêle. On allumait le feu, serrés autour de l'âtre, nos gestes mesurés qui ne manquaient pas de se cogner malgré tout dans l'étroitesse du lieu, et quand la fumée ne faisait plus que stagner en épaisseur respirable, quand la flamme montait prometteuse jusqu'à lécher le manteau de tôle de notre cheminée bancale, nous donnions à la flamme, sur une sorte de grille tordue à l'escient, le récipient et ses deux centimètres d'huile dans laquelle pataugeaient, à défaut de véritablement baigner, les frites qui ne l'étaient pas encore. Nous nous chargions à tour de rôle de l'alimentation du feu, et ce n'était pas mince affaire de lui éviter aussi bien l'extinction que la fournaise. L'affaire n'était pas mince.

Nous guettions, regards pleureurs enfumés, l'instant des premiers frisottis, des premières micro-bulles au flanc des blanches lamelles de pommes de terre : le départ de l'alchimie. Je suis certain que nos compagnons invisibles de l'été, innombrables Mohicans d'avant le dernier, ne scrutaient pas le ciel avec moins d'émotion tendue en attente des oies sauvages annonçant le printemps ! et puis voilà, ça commençait, ça frisait, ça chantonnait, en plus de la respiration du feu et des *fiounements* sous la flamme du bois qui n'avait pas toujours perdu sa sève, c'était vive la vie, en partance pour la frite…

On les mangeait pas forcément cuites au mieux. Pas forcément salées. Piquées à la pointe du couteau, ou d'une baguette épointée, trop brûlantes. Délicieuses comme jamais et comme nulle part ailleurs. Les meilleures du monde. Du monde, Belgique comprise, où pourtant je ne sais comment ni pourquoi elles sont, véritablement, divines, à nulles autres pareilles…

Un monde sans patate serait tout simplement un monde d'après la catastrophe. Ou d'avant.

De la science-fiction.

Gibier

Je rentrais chez moi, là-bas où j'habite certaines nuits, dans la carrière rouge, une maison que j'abandonne régulièrement et dans laquelle je reviens tout aussi régulièrement, une maison en cours de travaux et que toujours je redoute de ne pas retrouver quand je rentre, quand je reviens d'ailleurs, je ne sais où, que toujours j'ai crainte de retrouver pillée ou dévastée, ou occupée par je ne sais qui, mais non, généralement non, on ne me dépossède pas aussi facilement, il faut croire. Je rentrais chez moi. Voilà comment ça s'est passé : j'ai levé les yeux au passage du troupeau, je nc suis pas certain qu'on dise *troupeau*, une bande, une bande de grands oiseaux, et c'est alors que le cou d'un de ces grands oiseaux a été coupé brusquement et il est tombé tout droit, le cou et la tête au long bec, et puis le corps ensuite, la cigogne morte a piqué vers le sol, vers le chemin et la rivière en contrebas, à moins de dix mètres. La tête avec le cou de la cigogne s'est plantée dans la berge de la rivière, dans les herbes, et deux secondes plus tard le corps s'est écrasé quelques mètres plus loin et dans l'instant c'était comme un de ces oiseaux que les marées noires assassinent. Je me suis retourné au bruit qu'ils ont fait et je les ai aperçus, la tête et les épaules, couchés sur le haut du talus au-dessus du chemin et qui se détachaient sur le ciel vide. Souriants. J'ai dit *Vous savez ce que vous venez de faire ? Quoi ? j'entends pas,* a dit un des deux. J'ai dit *Vous savez que c'est passible de prison, ce que vous venez de faire* ? Il a dit *Oui, je sais.* J'ai dit qu'alors j'allais appeler les flics, la police. Il s'est légèrement redressé sur les coudes, l'autre aussi, ils ont levé leurs fusils qu'ils ont braqués tranquillement sur moi. L'envie m'a brûlé les mains. J'ai été heureux de comprendre que j'étais capable de tuer ces hommes. Je me suis senti terriblement soulagé, enfin, de mourir éventuellement pour ça.

Champignons

Mais non, il ne faut pas en avoir peur, qu'est-ce que tu racontes !

Faut les connaître, c'est tout. Ne pas y aller au petit bonheur, sinon ça peut très vite se transformer en grand malheur. Bon, tu n'es pas obligé non plus de trépasser, mais la gastro-entérite, oui, coliques en tous genres et *ventraille* en révolution, tu vas t'en souvenir. La tête en vrac… Il vaut mieux faire gaffe, ce n'est pas plus bête. Et alors là, que du bonheur.

Craché juré.

Ici on les attend à partir de juillet.

Avant c'est pas pour nous. Les champignons de printemps, les morilles, tout ça, non. La saison et le pays, c'est pas ça. Mais juillet, oui.

Parfois juin, quand c'est sec. Les pieds roses, autrement dits amanites rubescentes. La chair du pied rose rougit davantage encore quand on la fripe ou la casse, tu ne peux pas te tromper.

Les amanites, rien qu'à prononcer le nom tu fais le vide, ça s'enfuit de toutes parts autour de toi comme si tu avais la peste, je te jure. Les amanites pourtant, je dirai que c'est cool autant que c'est salaud. Les gens retiennent mieux le salaud que son contraire, c'est marrant les gens. Les pieds roses, donc. Amanites rubescentes, donc.

Et puis également les amanites vaginées. Celles-là personne connaît. C'est à cause du nom, peut-être, qui va paraître douteux, bizarre, évoquer je ne sais quoi, que sais-je. Dé-li-cieu-ses. Des grandes coquettes fragiles, grises ou brunes du chapeau, elles poussent en terrains pauvres, plutôt acides, de la caillasse et pas trop de terre, des genêts, des bruyères, tu vois ? Des bouleaux et des pins. Elles poussent dans ces environs-là. Nombreuses, en général. Personnellement, quand elles s'y mettent, je sors de la maison une cagette sous le bras, je vais au bout du jardin (ce qu'on appelle le jardin), c'est-à-dire dans les quarante mètres, et je reviens : cagette pleine. Mais c'est chez moi, je vais pas te dire que c'est partout pareil.

Bon, alors, aussi, il y a les années. Les années à ceci et les années à cela. Les années avec et les années sans, ça dépend du temps qu'il a fait et qu'il fait. Soleil, pluie, froid, chaud, etc. Ces choses-là. Important.

L'année dernière par exemple a été une année à pieds-de-mouton. Pied-de-mouton : *Hydnum repandum*. Pas moins. Jamais vu autant que l'année dernière. Chaque jour on allait les cueillir et chaque jour on en ramenait plusieurs kilos. Je te le dis. Je sais que le ramasseur de champignons a tendance à se transformer en pêcheur de truites quand il raconte ses exploits, mais si je dis des kilos c'est des kilos. Les pieds-de-mouton, par bandes rosées jaunissantes, sous les feuilles tombées des hêtres, en cachette, le long des rus gargouillants qui descendent à travers pentes de la montagne, et on dirait à chaque fois qu'on les dérange dans une conversation, quand on leur tombe dessus.

Les champignons, ça ne va pas sans le paysage. Sans l'ambiance. Et ils s'accompagnent aussi bien de soleil que de pluie. De soleil qui filtre à travers les feuillées et qui vous fait des taches partout, à travers lesquelles vous avancez au pas, le nez au sol, parce que je ne connais pas de promenade plus lente que celle qui sert de prétexte au ramassage des champignons. Un bâton à la main en guise de canne et de machette, pour sabrer les ronces, ouvrir le passage à travers les fougères qui peuvent surgir impromptu. Et un panier. Couteau de poche pour nettoyer le gros de la terre et des cochonneries qui collent et s'accrochent. Pas forcément pour couper le pied, plutôt que le cueillir. C'est pas en le coupant qu'il vous en repoussera un autre à la place. Le champignon est une fleur.

Donc, y aller lentement. Je ne vous vois pas courir comme un dératé pour chercher et trouver des champignons. Les joggeurs sont ailleurs.

Jaunirés (ou chanterelles), ceps, bises (russules), lactaires délicieux, c'est en gros ceux que je ramasse. Mon père me les a appris. J'en ai rencontré deux ou trois autres sortes, pas plus. Trompettes-des-morts et leurs noires cohortes qui vous remplissent un tombereau en rien de temps. Pieds-bleus, tricholomes équestres dont on dit maintenant qu'il vaut mieux ne pas les manger, après les avoir portés aux nues (c'est une histoire de quantité)...

La pluie aussi c'est bien. Pas les mêmes couleurs, pas les mêmes odeurs. Bon, c'est sûr, ça mouille. Chez toi tu te sécheras. Il n'y a pas mieux non plus que le retour chez soi où c'est sec et chaud et à l'abri, après que tu t'es trempé dehors sous les arbres. Je te le dis. Et un chocolat chaud, tandis que tu nettoies le tas, sur la table, un grand journal étalé. Couper les pieds, grattouiller la terre et les fragments de végétaux, râper les lamelles, virer les petites bêtes les limaçons, décoller les tubes, enlever les peaux grosses des chapeaux… mais ne JAMAIS les laver ! Les essuyer, certes. Et puis c'est pas non plus parce que tu avaleras trois grains de terre que tu seras malade, ho, ça va.

Ensuite les cuire. Un savant mélange de goûts, panachage de ceps, chanterelles, lactaires délicieux saignants qui t'auront laissé les doigts noircis et rouges, pieds-de-mouton et bises cœur-de-pigeon, ils vont rendre de l'eau bouillonnante que tu laisseras s'évaporer, à moins que la verser si elle est trop importante, ensuite les envoyer se faire frire, les regarder se dorer avec l'ail, les servir avec une persillade sur des tranches de pain chaudes sorties du toasteur… Les manger dans la cuisine où ils ont cuit, pour baigner dans les senteurs…

On dit souvent omelette aux champignons. C'est possible. Pas interdit. Moi, si tu veux, alors, je dis : omelette *et* champignons. Tu vois ? Personne pour gâter le goût du voisin, et ça se mélange comme ça le veut bien. Mais c'est mon avis. Tu n'es pas obligé d'être d'accord.

Et je vais te dire encore un truc, te confier un secret, tiens, une manière à moi : champignons et pain perdu.

Ah ! putain de Dieu !

Pain perdu, d'ordinaire c'est considéré comme un dessert, si je ne m'abuse, non ? Des œufs battus, les tranches de pain rassis que tu passes dans le lait puis dans l'œuf battu et ensuite à la poêle, ça dore, ça croustille, et tu vas manger ça saupoudré de sucre, non ? ça ne m'étonne pas. C'est ce qu'on entend partout. Sauf que chez moi, c'était salé. Pas un dessert, un plat. Salé, avec une salade, et du fromage. Un peu comme les beignets de pommes de terre râpés. Le pain perdu salé et en repas. Bon. Eh bien ce pain perdu là, nappé de champignons à la poêle…

Tu sais quoi ? L'eau à la bouche, j'en bave, tiens, rien que de prononcer les mots et de me faire des images…

Couteau

couteau *nom commun – masculin* (*couteaux*)
Définition :

1. instrument composé d'un manche et d'une lame à un seul tranchant, qui sert à couper
   (un couteau de cuisine)
2. instrument composé d'un manche et d'une lame à un seul tranchant servant d'arme blanche
   (donner un coup de couteau) (jouer du couteau)
3. ZOOLOGIE mollusque bivalve comestible (de la famille des solénidés), en forme de rectangle long et étroit, qui s'enfonce verticalement dans le sable grâce à un pied fouisseur
   (ramasser des couteaux à marée basse)
4. lame d'un appareil électrique
   (le couteau d'un mixer)

5. outil à lame souvent flexible utilisé dans diverses professions
(une toile peinte au couteau)

couteau électrique *locution nominale – masculin (couteaux électriques)*
Définition :
couteau à lame double et crantée, muni d'un moteur, permettant une coupe rapide et fine
(découper des tranches de rôti au couteau électrique)

couteau de poche *locution nominale – masculin (couteaux de poche)*
Définition :
couteau à une ou plusieurs lames qui se replient dans le manche
(un couteau de poche suisse à quinze lames)

Bien.
Ceci dit, c'est le couteau de poche qui m'intéresse.
Et la poche du pantalon.
Le couteau bivalve de la famille des solénidés, non.
Quant au *couteau de poche* défini comme ci-dessus, étiqueté couteau de poche suisse à quinze lames, non plus.
Les poches suisses ne sont pas à la portée de tout le monde. Les couteaux à quinze lames et autres

accessoires, paire de ciseaux, tournevis, machine à laver et essoreuse, ont-ils encore droit à l'appellation *couteau* ? *Boîte à outils suisse*, me semble-t-il, ne conviendrait-il pas mieux ? La boîte à outils n'étant pas l'objet de ce propos, fût-elle suisse, nous en ferons donc fi.

Il y a des hommes avec et des hommes sans couteau de poche. Le genre avec se raréfie. C'est ainsi. C'est un peu comme les hommes avec ou sans briquet, avec le sous-genre briquet à essence, et le sous-sous-genre briquet à essence en laiton, au ventre bourré de coton et de mèche, à la molette rugueuse sous le pouce et sur la pierre. Celui-là est plus qu'une rareté. Il tient du fossile.

L'homme au couteau de poche serait plutôt campagnard, même s'il existe sans doute quelques spécimens urbains. Le couteau de poche a besoin d'une poche, plus volontiers de pantalon, qui ne craint pas d'être déformée. Par l'objet, son poids, sa taille. Le costume ne lui sied donc pas obligatoirement, d'où sans doute une bonne (?) raison de son rejet par une partie importante de la population (dite élégante) masculine. L'homme au couteau de poche n'est pas bien vu dans les aéroports, regardé de travers aux contrôles de sécurité de certains bâtiments publics, ainsi qu'à l'entrée de Radio Judaïque, je l'ai vécu personnellement, et malvenu lors d'un contrôle de police, dans la rue, avec fouille…

À quoi sert un couteau de poche ?

À couper. À se trouver sous la main quand il faut, pour tailler une baguette, couper une ficelle, se curer un ongle, couper correctement des aliments quand on mange.

Quand on casse la croûte.

L'homme au couteau de poche casse la croûte. Il mange du pain et du fromage, du pain et de la charcuterie, tenant les parties en présence dans ses mains, quelquefois le pain et le couteau dans la même, la droite – s'il est droitier –, le morceau de fromage ou de saucisson ou de saucisse ou de jambon (ou de n'importe quoi de consistant entrant dans la possibilité de casse-croûte) dans la gauche, morceau de n'importe quoi dans lequel il taille, d'une lame tranchante et précise, la bouchée accompagnant celle, de pain, coupée précédemment, ou ensuite, s'aidant alors en appui de la main tenant le fromage ou le saucisson ou etc.

On ne casse pas la croûte avec un couteau de poche comme on peut le faire sans. Cela demande une gestuelle. Un rythme. On ne bâfre pas, avec un couteau de poche. Rien à voir avec une assiette qu'on ne remplit que pour la vider à toute berzingue. Avec un couteau de poche, au contraire, on ne se presse pas. On mâche.

On suit de l'œil vers le nord-est les nuages qui annoncent du beau temps, on regarde le chat qui s'est assis dans l'herbe à trois pas et guette allez savoir quelle bestiole, on cherche à repérer l'oiseau qui s'égosille dans la charmille, on écoute le compagnon de casse-croûte qui vous donne son opinion sur l'heure d'été (vous lui donnez éventuellement la vôtre, mais ce n'est pas obligatoire), on prend le temps de saliver. Le munster blanc non fait n'a strictement rien à voir avec ce qu'il pourrait rendre dans votre assiette au restaurant, par exemple, ni même à la maison. Le couteau de poche permet, et lui seul, de manger la saucisse fumée non plus en morceaux vulgaires mais en rondelles plus ou moins épaisses au gré de la saveur.

Le couteau de poche idéal n'est pas loin du *laguiole*, pour ma part. L'abeille en bout de ressort. Corne noire et laiton. Un tire-bouchon (facultatif). Il s'ouvre d'une main, deux doigts pincés sur la lame pour la lever à angle droit, un coup de pouce à la base pour achever de la dresser. Le pouce encore pour la refermer, l'index pour finir le mouvement, jusqu'au claquement rentré dans le manche. Prudemment. Le couteau de poche n'est pas un jouet. Il coupe. Il est aiguisé ! Vous pourriez vous raser avec. Sinon, autant aller poche légère.

Avant de le refermer après le casse-croûte, ou n'importe quel autre usage, essuyer la lame de ce qu'elle a coupé : on peut le faire entre deux doigts de la main gauche, ou d'un aller-retour recto verso sur le pantalon, ce qui est l'idéal. L'homme au couteau de poche porte rarement du pantalon vintage Ollygan, par exemple.

Ne croyez pas que l'exercice du couteau de poche soit pour autant sans danger. J'ai connu un type qui, se relevant la nuit poussé par une fringale, se découpa une tranche de fromage de tête, porta à ses lèvres la bouchée qu'il tenait dans la même main que le couteau, lame dressée, et s'éborgna…

Vous vous dites que je blague ?

Rouleaux de printemps

Qu'est-ce qu'on mange, alors ?

Je ne sais pas. Je n'y ai pas pensé.

Ah bon ?

Tu as une idée ?

Non. Ben…

Tu n'as pas faim ?

Si. Mais non.

Comment ça ?

Si, j'ai faim, mais non j'ai pas d'idée, comme ça, a priori. Au débotté.

C'est pas si au débotté que ça, c'est toi qui as dit « qu'est-ce qu'on mange ? ».

Parce que j'avais une petite faim, pas parce que j'avais une idée de ce que je voudrais manger pour apaiser cette faim.

Pour *apaiser* cette faim.

Oui.

C'est bien dit, dis donc. On dirait un livre.

Ah bon ? Apaiser ma faim, c'est un livre ?

L'expression.

Ah.

Tu ne trouves pas ?

Non. Je trouve que j'ai faim. Que j'aimerais trouver de quoi apaiser cette faim. Avant de tomber d'inanition.

Houlà.

Donc, tu ne sais pas ce qu'on pourrait se mettre sous la dent ?

Non, je ne sais pas. Un potage ?

Sous la dent, un potage…

D'habitude tu aimes bien.

Oui mais ça fait quand même un certain nombre de jours qu'on se met des potages sous la dent, là. Je trouve.

Ah bon ?

Pas vraiment, mais quand même. Plusieurs fois en une semaine.

J'en connais qui mangent de la soupe tous les jours. Midi et soir. Ça ne leur fait pas peur. D'ailleurs tu es le premier à dire que la soupe est une sorte de plat unique et complet. Un sandwich liquide, c'est pas moi qui le dis. Si on part du principe que le sandwich peut être un repas complet, bien sûr.

C'est vrai. Il peut.

Alors.

C'est vrai, mais il n'empêche.

Il n'empêche quoi ?

Que le homard à l'armoricaine aussi peut être considéré comme un plat complet, avec du riz. Ou le cassoulet. Je ne sais pas. Je ne mangerais pas du homard à l'armoricaine tous les jours.

Monsieur est difficile.

C'est pas une histoire d'être diffi…

Je blâââgue, hé ! I déconne !

Alors, il ne reste rien dans le frigo ?

Je ne sais pas. Je n'ai pas regardé. Depuis un moment je n'ai pas trop tête à…

Je sais. Je m'en suis aperçu.

Bon. Ça va.

Mais si, tiens, il reste du poulet. Tu n'aimes plus le poulet ?

Bien sûr que si mais c'est comme la soupe… Je trouve que depuis un moment on est plutôt en baisse, non, question bouffe ? On fait dans le morose.

Du poulet, de la salade verte… Des germes de soja frais ? Tu avais acheté des germes de soja frais ?

Pour faire une salade, oui. Hier. Et puis j'ai oublié. Tu crois que c'est à cause du printemps qu'on est comme ça, pour les menus. Mous du menu.

Quelle idée ! Bien sûr que non. Le printemps, voilà, tiens. On va faire ça.

Quoi ?

Des nems.

Quel rapport avec le printemps ?

Les nems, les rouleaux de printemps…

C'est pas la même chose… Les nems c'est chaud, c'est frit. Je n'ai pas trop envie de friture, là…

Rouleau de printemps, alors. En plus, on a même des galettes de riz. Des bonnes galettes de riz… il en reste de… je cherche, je cherche…

On a des galettes de riz, nous ?

Il en restait de l'autre fois.

Et tu sais faire ça, toi ?

Je t'en prie.

Tu sais faire des rouleaux de printemps et des nems ? Sans rire !

Je ne ris pas. Et je t'en prie. La dernière fois que nous en avons mangé, tu as été la première à trouver ça génial et pousser des cris.

C'était Jean-Luc qui les avait faits.

Je vous en prie !

Arrête de me vouvoyer ! C'était quand Jean-Luc et Martine et les enfants sont venus et c'est lui qui a fait à manger.

Les nems aussi ? S'il te plaît. NOUS les avons faits, lui et moi.

Okay. Parfait. Eh bien allons-y !

Tada da di dada da… Tu me passes la poêle, là ? Ou bien un grand plat un peu creux. C'est pour tremper les galettes de riz.

La grande poêle, alors.

Non, la grande c'est pas utile. Tu vois la taille des galettes ? En fait, je pense qu'une assiette suffirait…

Bon alors une assiette. Une grande assiette. Creuse, plutôt.

Et puis un torchon propre, aussi. Un linge. Et tu l'humidifies. Tu l'ouvres sur la table, là, et avec une éponge, tu l'humidifies.

D'accord… Je ne me souvenais pas que Jean-Luc faisait ça…

Tu aurais du mal, tu n'étais pas là.

Je n'étais pas là ?

Quand on a préparé les rouleaux, non. Martine et toi vous étiez à l'étage.

Ah oui. Tu me mets un peu d'eau tiède dans cette assiette, alors, s'il te plaît ? Pendant ce temps je fais la sauce.

Tu es sûr que nous avons tout ce qu'il faut ?

Sûr : de la sauce de poisson, du citron, de l'ail, une pincée de sucre, du piment... Ça roule.

Tu veux ce bol ?

Merci. Donc, de la fish sauce et de l'eau. Moitié/moitié. Un demi-verre de chaque, ça ira ?

Oui grandement. On n'est que nous deux, hé.

Donc, eau et sauce de poisson. Voilà. Le jus d'un demi-citron vert... et voilà. Une gousse d'ail hachée finement, hop-hop-hop-hop ! On ne se coupe pas. Voilà...

Pourquoi tu ne fais pas ça avec le truc pour écraser ?

Parce que j'aime mieux au couteau... Et maintenant une pincée de sucre... Voilà. Je tournicote... Et du piment.

En poudre ?

On n'en a plus d'autre. Du hard, là, du cayenne... Voilà. Une pointe de couteau... Zou ! Ça devrait donc le faire... Oui ! Parfait. Tu goûtes ?

C'est... ouch ! oui, c'est bien...

Bon alors maintenant la farce... Je vais décortiquer le poulet, je prends la chair... Si tu veux tu prépares le moulin à légumes grosse grille, ou le mixer...

Je fais ça. Je suis une bonne assistante, non ?

Parfaite. Bon. On mouline le poulet… Voilà. C'est bien, comme ça. Tu mets tout ça dans cette jatte, voilà… Non, le chat ! Pas sur la table, s'il te plaît, le chat ! Tu ne veux pas virer le chat ?

Descends, le chat !

Il n'a pas eu son vaccin de rappel de l'année, lui, au fait.

La semaine prochaine.

Descends de là, le chat, c'est incroyable ! en plus tu n'aimes pas le poulet… Donne-lui les carapaces des crevettes…

Les carapaces, tu parles ! c'est pas les carapaces qu'il veut.

Oui, bon, mais deux, pas plus. On n'en a pas trop.

Tiens, le chat…

Et je hache les grosses crevettes… et je te les ajoute au poulet… Et puis la ciboule, un peu… l'échalote… je hache tout ça…

Je ne sais pas comment tu fais pour ne pas te couper les doigts.

Tout ça mélangé… et le soja… Ça fait beaucoup, non ? Une lichette de sauce de soja, je ne sale pas, je poivre pas… Tu veux bien mélanger ? Avec une feuille de salade hachée tout fin-tout fin… Maintenant les galettes…

Hachée comment la salade ?

En lanières très fines. Tu sais ce qu'on aurait pu ajouter ? Un œuf cuit dur, râpé comme dans les œufs mimosa, tu vois ?

Oui, je vois, mais je ne suis pas sûre que ce soit…

Je suis certain que ça ne peut pas être mal…

Mouais…

Bon, la galette dans l'eau… un coup à l'endroit… Tu as humidifié le linge ?

Oui.

… un coup à l'envers… Quand elle est plate… ramollie… tu la sors de l'assiette…

Elle se déchire…

Pas du tout… Tu la places sur le linge. Bon. Une petite poignée de farce, allongée en boudin, tu places ça au bas de la galette, tu refermes les bords de chaque côté et tu roules dans l'autre sens vers l'avant… et voilà.

Génial.

Pas trop gros pour que ça ne crève pas, pas trop riquiqui pour avoir autre chose à manger que la galette…

On en fait combien ?

On utilise toute la farce, on verra bien. De toute façon ça se garde. On va les mettre sur un plat, sur un lit de feuilles de salade, pour les rouler dedans.

Yes ! Tu sais quoi ? on va en manger demain, encore…

Super.

J'ai presque envie de manger des nems, aussi.

Ah bon. Je croyais…

Oui mais en les faisant, l'envie m'est venue…

No problemo. Tu fais chauffer l'huile… Dans la friteuse ou dans la poêle, comme tu veux. Dans le wok, c'est bien. Tu n'en fais que ce que tu veux, d'accord, moi je préfère les rouleaux.

Oui, chef.

Le chat est en train de se taper le poulet qui reste dans le plat, je signale.

Le chat ! C'est fou, ça, je croyais qu'il n'aimait pas.

Eh bien il aime, maintenant. Dis donc j'ai faim, moi, à présent. Pas toi ?

Moi ça fait un moment, je te rappelle…

Truites

Je n'ai pas grande considération pour les chasseurs. Il se pourrait même que ce manque se transforme, au fil du temps, en une véritable aversion. C'est ainsi. Les chasseurs et d'autres personnages qui se font un honneur, c'est là qu'ils le placent, de s'occuper le temps pour en définitive, au bout du compte, tuer avec élégance, voire dignité, c'est comme ça qu'ils disent, dans cet ordre d'idées qu'ils trafiquent et collaborent et pactisent avec la mort. C'est curieux, mais ils ne sont dans l'histoire que rarement perdants à leurs jeux attardés, sauf accident, les victimes sont les autres, partenaires involontaires et à qui les règles du jeu sont traîtreusement étrangères, animaux qu'ils sont.

Les toreros me paraissent tombés du même panier, à moi l'ignare qui ne voit pas dans leur carnavalesque singerie en *habit de lumière* ridicule les marques d'une noblesse à laquelle ils ont l'air de croire vraiment et dont ils me rebattent volontiers les oreilles.

Quant aux pêcheurs.

Les pêcheurs, ce n'est pas la même chose.

D'accord, les truites… Il y a cette façon un rien hard, quand même, de les attraper, l'hameçon, tout ça. Avaler un hameçon… Parfois un triple, ou encore plus.

Il existe un film, d'un magistral réalisateur coréen, Kim Ki-duk : *L'Île*. Formidable film d'une grande et dure beauté, dans lequel un pêcheur, justement, fait usage à son endroit d'une ligne et de ses hameçons, dans une tentative de suicide plutôt insoutenable (et par ailleurs inefficace, la méthode n'est pas conseillée, finalement). Une femme l'imitera par la suite, s'enfonçant les crochets au bout de la ligne dans un orifice non buccal. Ça fait froid dans le dos. Si je puis m'exprimer ainsi.

On dit que les poissons ne ressentent pas la douleur de la même manière. Mais quelle manière ? De la même manière que qui ? Que les taureaux, les lièvres, les perdrix, les chevreuils, les éléphants ? Que nous ? Je ne sais pas. On le dit et on l'écrit. Je l'ai lu dans plusieurs ouvrages et magazines qui n'étaient pas *Le Journal de Spirou* et auxquels j'accorde plutôt ma confiance en sérieux – non que *Le Journal de Spirou* ne soit pas sérieux, on m'aura compris.

Or donc les poissons. Ce serait bien qu'ils ne ressentent pas la douleur de la même manière. Fin de la tartuferie.

Ceci étant dit, souvent je me suis levé de bonne heure, certes, mais plus souvent encore très tard, et souvent aussi je suis allé à la pêche.

À la main.

Est-ce que cela s'appelle encore *aller à la pêche* ? Je n'en suis pas certain. D'ailleurs nous n'en disions rien de tel (c'était il y a longtemps, on le devine, l'exercice aujourd'hui n'est plus possible, la rivière étant ce qu'elle est devenue, les gardes fédéraux aussi, l'atmosphère générale, en somme, s'étant bien rafraîchie dans ces périodes soumises pourtant au réchauffement climatique annoncé), nous n'en disions rien disais-je, nous disions *on va à la truite*.

Ou encore *au paco*.

On allait au paco.

Le *paco* étant chez nous le sobriquet du chabot, ainsi nommé partout ailleurs, je suppose que peu lui donnent de son appellation scientifique et probablement latine, *cottus gobio*, le chabot.

Les pacos pullulaient dans la rivière. Au long des jours se reposaient sous des pierres ou dans les creux des souches des berges, ou simplement sur le fond caillouteux dans des taches de soleil, paresseux finis, avec leur tête de gros balourds, pas très futés, pas très agiles, pas très nageurs, attendant que ça passe, qu'un machin quelconque dont ils faisaient leur nourriture dérivât à leur portée pour l'aspirer d'un coup avec la précision et l'efficacité des morfales super entraînés qu'ils étaient et sont toujours, je le suppose, bien que n'en ayant plus croisé sur mon chemin depuis longtemps.

Les pacos s'attrapent avec une facilité déconcertante. Ils ne voient rien venir. Pas même l'ombre de votre main ouverte qui s'avance, si elle se trouve dans le soleil. Ils ne vous entendent ni ne vous repèrent, quand vous allez vers eux, de l'eau jusqu'aux genoux (maximum, pour ce genre de pêche sauvage), je me demande s'ils vous voient, si les deux petits yeux sur le haut de leur large caboche leur servent à quelque chose à cette occasion, ou alors vous êtes trop gros pour eux ? trop inconcevables au rayon du danger ? allez savoir… Nous avions tendance à dire que les pacos étaient des cons. Comme on le dit des poules. Je suis désolé. On se trompe et je m'insurge – mais c'est un autre propos.

On soulevait une pierre, avec grande précaution, sans vague ni remous, et il y en avait un dessous, il était là, ne fuyait pas, devait dormir, au fond, la queue vaguement remuante, à peine, dans le faible courant de l'eau, rêvassant... On reposait délicatement la pierre à moins d'un mètre, on avançait la main... et la refermait sur notre feignasse qui n'avait rien vu venir.

Un paco doit peser dans les dix à quinze grammes, je suppose. Je ne les ai jamais pesés individuellement. Mais c'est dire qu'il en faut pour une friture. Nous en ramenions des tonnes, au retour d'une razzia. Il me souvient d'un jour d'ennui estival, où nous avions décidé d'aller au paco pour passer le temps, et rempli un tonneau de deux cents litres trouvé dans la rivière, on y dénichait des trésors, au point que ceux du fond du tonneau étaient morts asphyxiés, et qu'ils étaient bien trop nombreux pour que nos mères s'attaquassent à leur préparation, coupage de têtes, roulage dans la farine, friture... alors nous les avions reversés dans un trou d'eau où les deux tiers avaient flotté un moment avant que le courant les emporte et les autres ahuris tourniquant un moment dans cet habitat momentané, une sorte de camp de réfugiés, avant de recouvrer leur vraie liberté... Nous étions des barbares.

Le paco est d'une telle voracité qu'il se rue sans réfléchir sur tout ce qui bouge, ou même ne bouge pas, pour gober ce qui lui paraît bon à faire ventre. Car il nous arrivait aussi de pêcher dans les règles, de façon quasiment orthodoxe, avec une baguette de coudrier, un fil, un plomb, un hameçon, un ver de terre.

On se couchait alors sur les souches des arbres en bordure de rivière près de la maison, le nez au ras de l'eau, on regardait ce paysage étrange et pratiquement exotique que formaient les racines immergées dans lesquelles se cachaient les poissons. Il suffisait que l'on descende le fil de notre canne à pêche modeste le long de ces parois merveilleusement accidentées, le fils sans appât, juste le plomb glissé contre l'hameçon, pour que dans les trois secondes un paco surgisse des abris et gobe le machin trembleur, l'hameçon avec.

Ou encore mieux. Au bas des souches on pouvait repérer parfois un ou plusieurs de ces feignants, dans la journée, en train de sommeiller. On descendait le fil et son hameçon tranquillement et on pouvait accrocher le *bestiau* par l'ouïe, qu'il avait large et de bonne prise, et il n'y avait plus qu'à tirer…

Tout cela pour le pur plaisir du jeu, nous étions barbares… et mangions fort peu nos prises. Le paco ne se mange qu'en friture, long et fastidieux à préparer, il bave, mais il est surtout rempli d'arêtes. Mort, il se venge dans vos assiettes avec une perfidie hors pair… car il a la chair fine et succulente, l'animal. Avec une persillade aillée.

Les truites, c'était autre chose.

Les grandes dames.

Les élégantes des ondes claires. Les souples et soyeuses, en habit fuselé, aux tons d'automne et de ciel couchant quelle que soit la saison, ventre de nacre et dos pointillé de sombre et de rouge. L'œil en bouton doré. Les belles revenantes, une fois les eaux de boue furieuses de la rivière en allées vers là-bas, ailleurs, loin, où la mer nous dit-on existe, à chaque colère d'hiver retombée.

Les truites qu'on regardait du haut du pont en bord de village sur le tournant de la rivière. Il y avait à cet endroit une large surface sans encombre, l'eau en été d'une hauteur d'un demi-mètre, couleur de miel sur le fond de galets moussus. Au long des rives émergées flottaient des chevelures d'herbes pastel.

Elles étaient là.

Quelquefois par vingtaines. On ne les comptait plus. Flottant entre deux eaux, le nez face au courant, immobiles, sereines, et puis soudain filant comme une étoile sombre égarée dans les eaux, en une fraction de seconde disparue dans les herbes ou ailleurs ou nulle part. Des petites et des grandes, et celles dont la taille faisait la réputation, la célébrité, stars que les *vrais* pêcheurs, les réguliers encartés pourvus des équipement et matériel adéquats, voyaient toujours mais n'attrapaient jamais, qu'ils racontaient, les mythiques dont la prise les aurait sans doute plus emmerdés que ravis… l'important pour eux étant d'espérer les prendre et de pouvoir raconter sans fin les nombreuses fois où ils avaient failli sortir vainqueurs de l'affrontement.

Nous regardions du haut du pont les bandes de flemmardes suspendues dans le soleil et l'eau. Nos reflets à l'envers alignés au long de la rambarde ne les dérangeaient pas. C'était l'heure de la sieste, elles semblaient elles aussi en vacances, en vérité chassant en affût à leur manière…

Nous les observions longuement, capables (avec des périodes de distractions bavardes détournées) de rester là une heure, davantage, échangeant des remarques sur leur taille, cherchant à dénicher *la grosse* qui nous ferait la joie de participer à la partie… Au final, cela ne manquait jamais, un plus rapide que les autres jetait un gravier qui transformait tout soudain l'espace lisse en une sorte d'explosion silencieuse, comme un bouquet de feu d'artifice, avec des dizaines de traits sombres filant à la vitesse de l'éclair dans tous les azimuts.

Nous autres, nous les attrapions à la main.

Tous et chacun, autant que nous étions, plutôt caïds en la matière.

La pêche à la main se pratiquait au cœur de l'été, quand la rivière avait soif, son étiage au plus bas.

La rivière pour nous était un monde à part. Nous y passions plus de la moitié de nos vacances et de nos temps libres tout au long de l'année, exception faite de certaines périodes d'automne et de fin d'hiver quand ses eaux trop grondeuses et hautes pouvaient se révéler véritablement tueuses.

Mais en été la rivière était un rêve. Son bas niveau lui permettait de nous accueillir dans son lit pour des promenades sans fin, elle contenait des trésors innombrables, toutes sortes de merveilles que les gens sur les bords de son cours lui jetaient pour s'en débarrasser… Le monde vu depuis la rivière n'avait pas la même consistance, la même apparence, la même identité, il était autre, parfaitement différent de ce qu'il nous montrait depuis la terre ferme. Je pense qu'il en est de même pour un marinier sur sa péniche… les raisons de sa présence, l'eau profonde et la façon de se mouvoir en plus.

On ne se déplace pas dans la rivière comme sur la terre ferme, sur un chemin, un sentier, un pré, une pente de forêt, nulle part ailleurs. Dans la rivière, on marche sur des galets, tantôt dans l'eau, tantôt à sec, on est chaussé de vieilles savates, de godasses improbables, de sandales en plastique ou de tennis et baskets qui sécheront rapidement. Évidemment sans chaussettes. Évidemment jamais nu-pieds.

La rivière est dangereuse pour les pieds sans protection, à cause des merveilles et autres saloperies qui y traînent, ferrailles, bouts de verre, bouteilles cassées, pierres coupantes. Saloperies dont nous étions sans doute les premiers à pourvoir ses méandres quand nous organisions des concours de cassage de bouteilles à coups de pierres ; trouver un tube de néon était une aubaine sans nom, l'objet aussitôt jeté sur les flots, quand flots suffisamment conséquents il y avait, et canardé en rafales par une pluie de caillasse jusqu'à ce que le plus habile l'explose. Je n'étais pas mauvais au tir au néon.

Le niveau de l'été baissait de plus d'un mètre. Des odeurs de vase sourdaient des pierres découvertes, des failles, des fonds de berges dénudés. Ne restaient que les *trous* profonds remplis d'eau, reliés par des gouliches plus ou moins importantes et murmurantes auxquelles les manœuvres régulières des ouvertures ou fermetures des vannes des tissages, sur son cours en amont, ne changeaient pas grand-chose. Les trous dans lesquels nous persistions à nous baigner, en dépit de la couleur toujours plus épaisse de l'eau.

Ça sentait le poisson. La charogne et le fauve aux terriers des loutres découverts sur les berges dénudées. Des odeurs de chaud. Des odeurs exotiques pour des jeux d'imagination. Le soleil entre les feuilles des arbres posait des millions de confettis tremblants partout, sur les bancs de sable et de cailloux, sur les filets d'argent qui coulaient entre les pierres…

Dans cette chaleur à ne pas mettre un garde-pêche ou un garde champêtre dehors, les avant-derniers des Mohicans s'avancent. Ils sont trois, marchent de front. Ils vont avec lenteur, courbés, en short, le torse nu, ils ont le dos et les épaules et les bras rouges, et même pour certains pelés, ils avancent courbés, sans bruit, ils se taisent. Pas un mot. Ou alors un murmure. Ou alors jeté précisément et faisant touche, quand il faut. Pas de bavardage. Ils pêchent. Ils connaissent les bons coins. Ils savent où aller.

Les trois ou quatre cents mètres qui suivent le pont sous la gare. L'eau y est encore courante, avec de jolis trous, de belles pierres à l'ombre, les ruines jetées là d'un précédent pont que la guerre, dit-on, quelle guerre ? la guerre, a démoli. Pas de trous profonds. De l'eau jusqu'aux genoux, au plus haut. Quand ce n'est pas la canicule, ici, en temps ordinaire, on ne traverse pas d'un bord à l'autre. Et quand c'est après de fortes pluies, si tu tombes dans les flots ici, tu te retrouves à Coblence, ou nulle part. Pour l'heure c'est praticable.

Les Mohicans poursuivent leur progression. Le plus grand, devant les autres, atteint la première grosse pierre des éboulis du vieux pont. Il se colle au bloc de granit. Il s'agenouille précautionneusement dans l'eau qui monte jusqu'à son short et le trempe un peu haut. Strictement aucune importance. Il se courbe et il engage le bras, il sait exactement où, il y va au toucher, il connaît sans l'avoir jamais vu la position et la grosseur et la forme du trou, sous la pierre. Évidemment cette pêche au toucher aveugle apporte quelquefois des surprises, et au lieu du poisson espéré un crapaud ou une couleuvre d'eau… Le Mohican avance la main… doigts ouverts largement qui occupent toute la surface du trou au cas où la truite débusquée se tiendrait dans ce sens et voudrait s'enfuir. Le trou n'a qu'une entrée, qu'une sortie. C'est un cul-de-sac. Allez savoir ce qui les attire ici.

— Y en a une ! chuchote le Mohican.

Les autres s'interrompent, se redressent. Le rejoignent à la hâte, toujours aussi peu bruyants.

Ils soufflent :

— Une grosse ?

— La vache, on dirait !

— Tu vas l'avoir ?

— Elle est dans le mauvais sens.

Dans le mauvais sens, c'est-à-dire la tête au fond du trou. Or on n'attrape pas une truite par la queue. Sauf certain Mohican.

— Merde, râlent les deux autres.

J'avais le coup. Le savoir-faire. Et des ongles. Il fallait si possible pincer fort, crocher, non pas dans la nageoire de queue mais juste à sa naissance. Pincer et ne pas lâcher. Et tirer. Doucement.

Certaines résistaient. D'autres, curieusement, non. Se laissaient extraire de leur cachette, comme si elles n'y croyaient pas, ne s'en apercevaient pas. Étrangement consentantes.

Le Mohican sort la truite de sa cachette et elle se débat juste au moment où il peut l'empoigner de l'autre main et la sortir de l'eau et lui planter vivement un doigt dans la gueule sur la langue dentée et lui casser le cou.

Les Indiens maigrichons et ravis s'extasient. C'est une magnifique pièce ! Une baguette est taillée au fourré de la berge le plus proche. Passée dans la gueule ouverte et sortie par l'ouïe. Les guerriers mangeront aujourd'hui…

Nos mères, pour la plupart, la mienne en tous les cas, en avaient marre de ces prises que nous ramenions trop régulièrement. En avaient marre, la mienne encore, de manger de la truite presque chaque jour – et pour ce qui me concerne, nous avions à cette époque un chat magique dont j'ai oublié le nom mais que je vois encore, un noir et blanc, pêcheur lui aussi, qui attrapait en général de belles pièces, je ne sais pas comment il se débrouillait, mais il ne mangeait rien de ses prises, beaucoup de pêcheurs sont comme ça, et les ramenait à la maison, et les déposait consciencieusement sur le paillasson, et celles-là, les prises du chat, ma mère ne pouvait décemment pas ne pas les manger… Mon père était pêcheur encarté.

Alors, nous nous chargions de tout.

On allumait un feu sur le bord de la rivière. En attendant la braise, on préparait la truite, on l'ouvrait au couteau, la vidait, on lui mettait une pincée de sel chapardé dans le ventre, on recousait d'une ou deux épines, on plantait la bête sur une badine qu'on maintenait par deux fourches de part et d'autre du feu. On la regardait suer et dorer. Et sa peau si lisse et soyeuse prendre des teintes de métal et se craqueler, et l'odeur avec celle de la fumée nous caresser les narines.

On mangeait avec les doigts. La truite posée sur des feuilles de ces bambous qui poussaient à foison en bordure de rivière. À peine salée, le goût de l'eau et le goût du feu dans la chair un peu rose encore à certains endroits, on piquait au couteau et avec des bâtons taillés.

On allait boire de l'eau à la rivière. On rotait de bonheur, couchés dans l'herbe brûlée par l'été, le nez dans le ciel bleu, demain serait jeudi et on lirait *Le Journal de Mickey* et la suite des aventures en bande dessinée de Naoh, dans *La Guerre du feu*…

Lard

J'ai un copain marchand de bois et charbon, plutôt bois depuis quelque temps. Il exploite aussi une carrière, du gravier, du sable, des galets, ce genre de choses. Et puis, aussi, il fait du béton. Qu'il livre, dans une toupie, sur son camion, une toupie qu'il a faite lui-même à partir d'une citerne de fuel.

Mon copain a également bricolé un fumoir en tôle, qui se trimballe, on dirait une guérite, avec une porte, deux mètres et quelques de haut, un mètre de côté, en gros. Dans la fin de l'hiver, il va chercher la guérite au fond de son grand hangar où elle est reléguée et il l'installe à proximité de l'entrée.

Avec deux ou trois de ses connaissances, ils achètent de la poitrine de porc, et ils passent plusieurs heures à préparer des *bandes*, enlever les côtes, tout ce qui doit être fait pour prendre la forme d'une plaque de *lard* cru d'une petite dizaine de centimètres d'épaisseur sur la couenne, vingt centimètres de large et quarante ou cinquante de haut. C'est mon copain qui s'occupe du fumage. Les bandes sont accrochées dans la cahute en tôle à des barres de fer, une vingtaine par séance de fumage.

À cette saison-là qui n'en est pas une vraie, un moment qui hésite entre hier et demain, mon copain ne livre pas énormément, ni à longueur de jour, comme il le fera un ou deux mois plus tard – bois et béton et cailloux… ce qui lui permet de surveiller le feu dans le fumoir. Il brûle du hêtre, des petits quartiers dans un cercle de sciure qu'il alimente régulièrement. Ni trop ni trop peu. La bonne quantité et la bonne régularité de fumée. Tourner les bandes qui prennent en transpirant, doucement, les couleurs du lard et suent en chuintant sur les braises et flammèches courtes, en dessous.

Je passe par-là chaque jour, ou presque. Mon copain a aussi des poules dont il me donne les œufs et à qui je viens apporter des épluchures, du pain rassis, toutes sortes de déchets. Je sais quand *l'opération lard* commence à la fumée qui s'échappe par la porte coulissante grande ouverte, un beau matin. Le soir, il laisse s'éteindre le feu dans la guérite. Qu'il rallume le lendemain dès six heures et demie, quand il arrive au boulot.

Ça dure trois jours. Trois jours durant lesquels les couleurs du lard ont pris de la rudesse, de la densité, se sont dorées magnifiquement, entre les bruns soutenus presque noirs et les carmins, les ocres, les jaunâtres dans le dessin des côtes. Au final il ajoute à la flamme un bouquet de genévrier qui va flamber en une bouffée et planter dans les bandes suspendues les meilleures odeurs de forêt qui se puissent imaginer.

Une forme de magie fait que la viande maigre et grasse et le feu et la fumée du bois brûlé peuvent se mêler pour donner au palais, sur la langue, ce goût, tout simplement, sans pareil…

À manger cru comme une gourmandise.

À manger cuit mais froid au sortir d'une choucroute de la veille, en tranches fines qui s'écrasent et se tartinent dans le creux d'un morceau de pain caressé de moutarde…

J'ai gardé les images de mon père piquant une tranche de lard sur sa fourchette et la rôtissant au feu de la cuisinière dont il avait retiré les cercles du plateau, le bruit de la graisse gouttant dans le feu et les crachis de la flamme allongée, la fumée qui montait avec les odeurs vers le plafond et les torchons pendus et tremblants aux barres du conduit de fumée. Il me disait : *Tu en veux ?* J'en voulais. Grillé de la sorte, le lard noirci abandonne des scories avec sa graisse coulante qui détrempe la mie du pain. C'était trop chaud, ça vous choquait les lèvres au bord de la vraie brûlure et pour cela précisément c'était si bon, et parce que c'était mangé par mon père qui me jugeait, dans ces instants pour nous deux seuls, apte au partage. On pouvait bien laisser goutter de la graisse sur le gilet ou le devant de la chemise, cela n'avait pas méchante importance, alors que toute autre malheureuse tache faite ailleurs, et de n'importe quoi, méritait cela va sans dire une réprimande justifiée.

Le lard une fois fumé, je continue de venir jeter aux poules leur pitance, par-dessus le grillage de leur poulailler. Certains matins, sur les coups de huit heures, une fumée et son odeur passent par la porte entrouverte du grand hangar. Un petit feu est allumé à même la terre battue. Souvent, mon copain le marchand de bois est tout seul, d'autres fois des amis ordinaires sont présents. Les tranches de lard *fristolent* sur la grille qu'il tient au bout du long manche au-dessus du feu.

Un petit coup ? dit-il. Et moi qui viens à peine de petit-déjeuner je sors mon couteau de poche tandis qu'il retourne à doigts nus sur la grille les tranches noires et grésillantes qui le brûlent. *J'aime bien quand ça croque*, dit-il, un genou en terre dans la senteur lourde de cet encens sauvage mécréant qui monte vers les cieux de tôle.

Soupe

Mange ta soupe !

Qui ne s'est jamais entendu intimer l'ordre péremptoire ?

La soupe.

Avec, autour du mot, quelque chose, comme un relent, de l'ordre du désagréable. De la punition. De la méchante obligation. *Tu manges ta soupe et tu vas au lit !* Mieux : *Mange ta soupe et puis tu files au lit sans souper !* montre à quel point la soupe peut être considérée comme rien, pas même une vulgaire mangeaille : *après avoir mangé* ta soupe tu files au lit *sans* souper. On ne fait pas plus explicite.

Et puis la soupe à la grimace.

La soupe de corbeaux – jeu idiot qui consistait dans mes années de gamineries à piqueter le crâne d'un camarade de nos doigts réunis en cône et suggérant la forme d'un bec, de préférence par surprise, en hurlant : SOUPE DE CORBEAU !

Les expressions tournant autour du mot sont multiples, qui impliquent des idées de maigreur et de pauvreté, de *soupe économique* à *soupe à l'ivrogne* (ou *au vin*), ou *au pain* – ce qui rejoint les origines : la soupe, tranches de pain sur lesquelles on verse du bouillon, ou du vin. La soupe serait donc avant tout le pain. Le pain mouillé. Tremper la soupe. Tailler la soupe. Être trempé comme une soupe.

On disait à une époque qu'on ne risquait pas de trouver de la soupe sur la table d'un riche anglais… la soupe c'est ça : du bouillon, de l'eau chaude, sur du pain. Bien. À l'inverse du potage qui serait plus cossu, tout à coup, qui mélangerait au liquide des féculents, des légumes, des farines… Bien bien bien. La soupe ferait donc étymologiquement dans le chiche, le maigre, la pénitence, la pauvreté, la mort de faim bord cadre. Le brouet du rachitique. La nourriture de cochons comme celle, avec un quignon de pain et un oignon, de la *gueusaille*.

Tout ceci, allons donc, ne tient assurément pas debout.

La soupe est bonne.

La soupe se conçoit aussi bien en gourmandise et mise en bouche, entrée de repas ou repas lui-même, et ô combien repas complet. À l'égal d'une autre bectance de méchante réputation : le sandwich. Parce que sorti du jambon-beurre (généralement méchant jambon et méchant beurre dans méchant pain) le sandwich se peut royal et somptueux – mais ce n'est pas le propos.

J'aime la soupe. Depuis toujours je crois. Depuis le plus loin que je me souvienne. Comme le flan à la vanille, les pommes de terre farcies, le lard froid en tartines moutardées dont il est dit grand bien ailleurs dans ces pages. Sans aucun doute sommes-nous bien empreints dès l'enfance, je n'irais pas jusqu'à dire dès le berceau, mais qu'on me dise que je buvais de la soupe dans mon biberon ne me surprendrait pas.

Il me reste des odeurs et des images définitivement gravées.

La soupe à la farine par exemple, dans une casserole en fonte au fond de laquelle on tournait la farine avec une cuiller en bois (son ovale de guingois et noirci à force de tournis et de chaleurs) et qu'on faisait roussir et prendre teinte étrangement vineuse avant d'y ajouter le lait, qu'on mangeait avec des petits croûtons grillés… le goût et l'odeur de cette soupe-là n'a pas changé et ne changera jamais d'un cheveu. Et non pas, en l'occurrence, comme un cheveu sur la soupe.

Le bouillon, aussi. Le bouillon du pot-au-feu. Que l'on écume (mais on peut ne pas) par prudence, et qu'on mange avec des tranches de pain rassis trempées et des pommes de terre cuites à l'eau écrasées sommairement à la fourchette. On peut aussi ajouter une carotte, et d'autres légumes pris à ceux cuits avec le pot-au-feu, on peut. On peut mais le plus est quand même du côté du moins : bouillon, pain dur, pomme de terre. Quand c'était la mode du Viandox on y piquait quelques gouttes.

Dans un registre léger, pour juste se désengourdir papilles et palais, pas mieux qu'une soupe aux petites pâtes. Les fameuses étoiles, ou encore les lettres qui ont causé tant de réprimandes à des enfants penchés sur leur assiette comme sur un cahier, la cuiller pour stylo. Une soupe au vermicelle, un clair bouillon de poule pour base.

Et puis les soupes plus costaudes. Les soupes annoncées plus haut. Les repas en elles-mêmes. Les totales. *Mange ta soupe et file au lit* – vous le pouvez sans crainte de fringale de minuit. Les soupes extrêmes. Les nourrissantes. Qui ne se mangent pas le petit doigt en l'air et les lèvres en cul de poule aspirant comme un dernier soupir au cap de la cuiller. Les soupes goûteuses. Roboratives.

Les vraies.

Qu'est-ce qu'une soupe ? En somme de l'eau avec des choses qui cuisent dedans, et quand c'est cuit on attend que retombe un poil la *brûlance*, et on mange. Dans l'eau on peut mettre du riz, des lentilles, des pâtes, du tapioca, des pois cassés, des grosses fèves, des haricots secs, des pois chiches, des... De tout. Des tubercules, des racines, des feuilles, des tiges, des graines, des farines, des semoules, de la viande, toutes sortes de viandes, des poissons, toutes sortes de poissons, des crustacés, des mollusques, des fruits, des machins, des trucs.

Dans cet immense choix de produits, ces innombrables façons de faire, il faut bien choisir. Poser notre regard et tremper notre cuiller. J'aurais sans doute une petite préférence pour la soupe de légumes. En toute simplicité. Des pommes de terre, des poireaux, des courgettes épluchées et coupées en rondelles, une ou deux carottes rouges, un navet, un oignon, pas plus, coupés en morceaux, le tout revenu dans un soupçon de gras, par exemple un morceau de lard avec lequel vous aurez badigeonné la casserole, et puis on verse l'eau, on porte à ébullition, on réduit, on couvre à demi, on laisse cuire sans hâte une heure ou deux, pourquoi pas ? Saler sur la fin. Poivrer.

On peut, la cuisson finie, mixer tout cela, en faire un liquide duquel rien ne dépasse. C'est une possibilité. On regrettera quand même la violence des couteaux hacheurs du mixer, et son bruit. Parce que le légume peut s'écraser manuellement, en grossiers morceaux, à la fourchette ou au presse-purée. C'est une de mes options favorites. Il peut aussi se laisser tel quel.

À cette soupe de légumes basique vous pouvez quasi tout ajouter, elle est de très bonne compagnie. Si le discret morceau de lard des débuts ne vous suffit pas, doublez la dose ! Allez-y de viande fumée, pourquoi pas de saucisse ? Pourquoi pas de pieds de porc, du temps que vous y êtes ? De veau ? Pourquoi pas ?

La soupe est de cette composition qui ne craint pas les réchauffements. Quatre ou cinq à la suite ne lui font pas peur, pour peu qu'entre chaque, elle soit gardée au frais, au froid, ce qui est préférable notamment en été par temps orageux…

J'ai des penchants aussi pour des soupes italiennes, tomates, courgettes, assaisonnement musclé, bonnes pâtes en guest stars, de la coquillette aux pennes et, même, tagliatelles.

Les soupes à l'oignon, gratinées et brûlantes dans un creux de l'hiver.

Soupe de grosses fèves, noire et épaisse, avec les grains aux enveloppes éclatées.

Soupe de concombre, le concombre épluché, une cuillerée de moutarde en fin de cuisson, un nuage de crème fraîche dans l'assiette…

Soupes asiatiques, thaïes et chinoises, pâtes cuites à part, viande également, la tranche de porc ajoutée au dernier moment, le bouillon versé, les épices, une soupe qu'on mange à la baguette et qu'il ne faut pas craindre d'aspirer bruyamment, et puis dont on boit le bouillon à même le bol. Et là encore, c'est un repas.

Soupe d'orties que pour ma part je métisse de pois cassés.

Je ne doute pas que la soupe date de loin dans le temps. De très loin. Bien avant qu'on en inscrive jamais la première recette sur quelque tablette d'argile. Bien avant qu'on pense à le faire, mais aussi bien avant qu'on le sache.

Il y a quelques centaines de milliers d'années, voire davantage, un jour, sans aucun doute, un homme ou une femme a inventé la soupe de plantes. Je crois que c'était l'ortie. J'en suis sûr. J'y étais.

C'était ainsi :

Avant que l'ombre devienne la plus courte, sous le soleil haut, Am-o-à avait attrapé deux poissons sous les pierres de la berge, dans l'eau claire qui lui montait aux genoux. Il leur avait planté le doigt dans la bouche et tordu la tête de côté, les avait déposés sur la rive, près du bois sec que les flammes courtes grignotaient depuis les premières clartés du jour. Puis il était allé cueillir les herbes aux feuilles brûlantes qu'il avait ramenées dans la peau du lièvre blanc aux grandes oreilles abattu à la fin de la neige.

Il creusa, près du feu, avec un morceau de bâton, retira la terre qu'il tassa en bourrelet, rehaussant la profondeur du trou dans lequel il plaqua la peau de lapin blanc.

Il savait que l'eau emporte le feu : la pluie sur les feuilles de l'herbe brûlante en atténuait la piqûre, et les tremper longtemps dans la rivière permettait de les manger ensuite sans que les lèvres et la langue gonflent. Il prit de l'eau dans ses mains réunies et la transvasa dans la peau garnissant la petite excavation ; il fit beaucoup d'allers-retours, de la rivière au trou qu'il remplit ainsi jusqu'au bord de la peau, et, cela fait, il y plongea les feuilles d'herbes cueillies. Ensuite, il écarta les braises, en extirpa la pierre ronde qu'il y avait mise ; la saisissant entre deux fortes baguettes il la jeta sur les herbes, dans l'eau qui bouillonna et s'enfuma avec un violent chuintement. Il ajouta les deux poissons.

L'haleine du feu sorti du galet qui s'élevait sur l'eau apaisée avait une odeur agréable. Il aimait cette odeur, attendue depuis l'instant où il avait frotté les morceaux de bois pour le feu : il la respira longuement. L'eau dans le trou était au point qu'il n'y pouvait tenir le doigt, mais pas encore assez chaude, elle ne frissonnait plus et le feu la quittait. Il en sortit la pierre douce, fumante, qu'il remplaça par une autre tirée de la braise, et cela fit un nouveau bouillonnement, crachant plus longtemps que la première fois. Puis il ajouta un troisième galet – le dernier.

Les yeux des poissons de la rivière étaient devenus blancs, leur peau luisante s'était ternie et se détachait facilement, la chair amollie avait le goût des feuilles éteintes.

Am-o-à mâchait sans hâte chaque bouchée d'herbes et de viande, avalant. Buvant l'eau encore tiède dans une feuille pliée en creux, suçant les dernières gouttes à même la peau retirée du trou. Son ventre plein gargouillait. Il se coucha sur le dos, les yeux fermés, dans le soleil qui se posait sur le coteau. L'ombre allongée d'un buisson proche le toucherait bientôt.

Une des premières soupes aux orties, sans nul doute. Avec du poisson, pas encore une bouillabaisse, une bisque, mais sur le chemin.

J'ai tenté l'aventure. Et ce n'est pas mauvais…

Tartines

La grand-mère est une petite femme.

Non pas maigre ni fluette, c'est une petite vieille femme qui ne doit pas peser bien lourd. Elle porte sur sa robe sombre une blouse longue d'un bleu presque noir avec des petites impressions, des minuscules fleurs d'un bleu plus pâle, un gris de bleu. Des bas noirs. Elle est chaussée de pantoufles, ses patins dit-elle, des Geva écossaises dont la semelle de feutre s'effiloche sur la bordure des talons.

Il fait très beau et très sec, alors elle peut sortir en patins, elle peut marcher dehors sur la terre sèche et poudreuse et dans l'herbe du pré coupée de quelques semaines seulement et qui repousse à peine, encore faufilée des restes de foin que les râteaux du fanage ont oubliés, elle peut marcher sur la terre et dans l'herbe sans que cela mette en péril les semelles de feutre de ses patins.

Elle a un visage sévère, ordinairement, des traits qui ne rient pas même quand elle rit. Un chignon serré comme une pomme sur la nuque, ses cheveux sont d'un blanc jauni.

Le jour de son mariage il y a si longtemps, le soir, son frère l'a enfermée pour rire dans le cagibi sous la cage d'escalier, il a fermé la porte à clef, au début elle a appelé pour qu'ils cessent cette plaisanterie et puis elle s'est tue, ça ne servait à rien, et elle a attendu, tandis que le farceur et ses amis et le marié jouaient aux cartes en buvant des chopines et de la goutte, si bien qu'ils l'ont oubliée dans le cagibi jusqu'au matin et davantage, le matin bien avancé, et quand son frère a fini par ouvrir la porte elle s'était endormie, dans sa robe blanche froissée. Elle est veuve depuis belle lurette.

La grand-mère lance un appel que les gamins qui jouent n'entendent pas. Alors elle continue, elle va vers eux. Dans chaque main, qu'elle tient à hauteur de sa poitrine inexistante sous la blouse, ses mains paumes vers le haut, une tartine.

Le pain est tranché dans la plus grande largeur d'une miche à la croûte dure et brune et farinée, une croûte dont une pellicule de surface s'effrite facilement, avec les marques de farine, au toucher. La mie est serrée mais cependant bien *œillée*, bien aérée, et elle ne s'émiette pas facilement. C'est une mie que les trous qui la sèment ne traversent pas de part en part, et non une mie chausse-trape comme il en existe tant, de celles qui se déchirent et s'emportent comme des vrais glissements de terrain au moindre coup de dent ou pincement de doigts. C'est une mie bien attachée à ses flancs de croûte.

Le beurre a été tartiné au couteau, un beurre frais et ferme sans être dur, un beurre qui ne sort pas du réfrigérateur (la grand-mère ne possède pas de réfrigérateur, vous pouvez même parier qu'elle ne sait pas ce que c'est), un beurre malléable à la peau d'un jaunâtre doux qui s'efface et blanchit au premier raclement de lame, un beurre qui s'enroule en copeau et qui s'étale sur le pain et se fond en surface de mie et s'y accroche et forme une couche lisse ondoyante à la pression et striée des délicates empreintes de la lame.

Sur le beurre et ses senteurs de lait encore imprégnées, la confiture de framboises a été déposée, étalée avec le dos de la cuiller, libérant les suaves odeurs qui vous font venir la salive sous la langue, et parsemée de-ci de-là par les grumeaux de fragiles pépins du fruit englués dans ce glacis épais. Ce peut être une confiture de mûres, au piquant goût en fond de gorge comme une trace survivante des épines de l'arbuste. Ou mieux encore de myrtilles (la grand-mère dit *brimbelles*) qui vous laissera aux lèvres et aux dents et sur la langue la marque bleue de son délice dix fois plus doux qu'amer.

(Quand c'est l'hiver, on râpe sur le beurre du chocolat à croquer *de ménage*, et la poudre sombre recouvre progressivement la neige de la tartine, qu'on mange à petites bouchées tout en buvant le lait chaud dans ce bol décoré de grosses fleurs rousses, tout en regardant tomber la neige au carreau et tandis que progressivement se réchauffent les orteils... Il existe une option trempage de la tartine dans le lait.)

À moins de trente mètres la grand-mère appelle de nouveau et cette fois ils entendent et cette fois ils cessent d'être des aviateurs américains larguant leurs bombes perchés dans les arbres qui sont leurs avions, ils ont vu hier au cinéma *Les Diables de Guadalcanal*, ils dégringolent des troncs, agiles comme des singes, ils courent vers la petite grand-mère qui attend, leur quatre-heures sur ses paumes et doigts écartés, comme sur des plateaux, mission remplie sans rire, sans jamais rire, de tout son cœur.

PETIT ÉLOGE DES SAISONS

PRINTEMPS

Flash-back

PRINTEMPS

[illegible]

What's up, doc ?

Le printemps.

Tous s'accordent pour l'affirmer : l'hiver fut interminable. Pourtant pas plus que cela. L'hiver a existé et il a tournicoté comme il convient dans ses limites imparties qui ne dépassèrent pas les bornes, pourtant.

C'est le redoux, les températures saisonnières. Toute la panoplie. Les oiseaux le matin à la pointe du jour. Déjà voilà qu'on pense aux jardins. Voilà qu'au détour du côlon nous plombent les poussées de gastros... Les pollens, paraît-il, seront très agressifs – mais qu'est-ce qu'on leur a fait, aux pollens, pour mériter leur agressivité ? Voici venir les traînées de grippes retardataires, surgir les cohortes des rhumes, les légions de bronchites en tous genres. Même les plus marioles seront comme tout un chacun joyeusement servis en la matière. Les grandes gueules, répétant haut et fort que depuis dix ans ils ne savaient plus ce que c'était qu'être enchifrené, traversaient à nez sec neiges et pluies, avaient tout oublié de la toux raboteuse de muqueuses. Tout mécréants soient-ils, le bon Dieu, aurait dit ma mère, les a punis, le vieux barbu ne les aura pas loupés.

Ah ! les joies de la crève ! la bonne crève, la vraie pneumopathie, trachéite éventuellement granuleuse, les grandes orgues. Les antibios, la cortisone, les expectorants, les décrocheurs de glaires, l'orchestre au grand complet, de quoi en rester flagada longtemps après la voiture-balai et se souvenir pour longtemps (ce dont on ne se souvenait plus) à quel point ça peut arracher, la toux, dans les engorgements... Combien ça peut vous aplatir et vous réduire en chiffe, l'infection.

Et voilà qu'ils ont profité de mon état quasiment comateux (mais qui donc sont-« ils », décidant de la chose ?) pour instituer une journée du sommeil.

Personnellement j'avais de l'avance, je n'en finissais pas de roupiller depuis des jours.

Quand ils s'ennuient, qu'ils ne savent où donner de l'inutilité, ils instaurent une journée de. Consacrée à un sujet, une préoccupation, voire un problème.

Comme il existe, aussi, non pas une journée mais une semaine de la santé mentale.

La semaine de la santé mentale.

Ce n'est pas exactement la semaine des fadas, pour ça il y a le carnaval et puis en l'occurrence nous n'avons pas que la semaine à disposition mais bel et bien toute l'année. Qu'est-ce que la santé mentale ? Qu'est-ce que l'équilibre mental ? On peut raisonnablement penser à ce sujet qu'un intégriste musulman, ou le même modèle côté judéo, a quelques rouages qui grippent. C'est un exemple. Qu'un chef d'État du style Kim Jong-un ou Bachar el-Assad n'ont sûrement pas changé l'eau de leur bocal depuis longtemps. Qu'une ancienne femme politique à la Nadine Morano maintenant en convalescence ne doit pas oublier de prendre ses pilules. Il est clair, je pense, que cette notion d'équilibre est bien floue, cette santé beaucoup plus fragile qu'on ne le croit, que le fil des rasoirs est un chemin courant très fréquenté par des cohortes de marcheurs à la merci du dérapage qui vous lobotomise de bas en haut.

Il n'y a pas de honte.

Le danger ne vient pas du fada avoué, reconnu et identifiable. Tant que ça ne heurte pas, c'est admis. Comme une respiration. La respiration est sujette à des apnées, des hoquets. Les crocs-en-jambe psychiques nous menacent. Combien de fois pouvons-nous nous interroger sur certains comportements apparemment admis et normaux, et pourtant du domaine ou sur la pente de la psychopathie ?

Le cul sur mon talus, avec rien d'autre à faire qu'un brin d'herbe à mâchouiller, je me suis souvent demandé si les courses et luttes pour les pouvoirs de l'arène politique ne fleurissaient pas, à la source, en belles et grandes névroses, avant de s'épanouir en psychoses admises régulées. Soyez bons avec les fragiles de la cime : ils nous gouvernent et prennent – eux – soin de nous.

Ces propos de convalescence peuvent s'entendre comme parfaitement fous. L'effet printemps. Très certainement.

Aussi, après la maladie redécouverte, je suis allé de nuit déguster sur les sommets du Rouge Gazon (c'est le nom du lieu et de son auberge) la plus merveilleuse tarte aux brimbelles du monde, un kilo et demi de baies par tarte, une couche haute comme ça. Pour me remettre sur pied, mentalement et physiquement. Était-ce bien raisonnable ?

Et dans trois jours, ou avant même, je serai droit comme un I, guéri d'un bout à l'autre.

1er mai

Et nous voici, l'œil au bord des larmes, assis talons battant sur un petit muret, au bord du 1er mai, fête des travailleurs.

Qui vont se dépêcher et traditionnellement de n'en pas secouer une rame.

Vont défiler dans tous les azimuts, le poing levé pour l'occasion, et après-demain dans la poche.

Le 1er mai, jour du muguet, que quelques millions de maris prévenants et respectueux des usages vont cueillir (symboliquement parlant) en achetant le pain, après s'être demandé si les clochettes seront présentes à la boulangerie, sinon où est-ce que je vais encore trouver ce truc, et si j'en ramène pas je vais avoir droit à la réflexion coincée à la commissure, ça c'est sûr, etc.

Dira-t-on jamais assez les affres du 1er mai, pour le mari non résident à la ville où le muguet pousse à tous les feux rouges ? Ces petits détails du quotidien qui courent le risque à chaque moment de tourner au drame, à l'affrontement, aux cataclysmes conjugaux…

Mais la réflexion-coincée-bouche-en-coin ne fleurit pas obligatoirement, et quand elle se manifeste c'est généralement après un certain nombre d'heures de vol. Au décollage c'est toujours l'euphorie, on embarque pour un joli tour de manège. D'ailleurs au décollage, monsieur s'est en principe débrouillé pour dénicher le muguet introuvable, il a remué ciel et terre, monsieur Zorro fait le malin comme personne et madame, éblouie, a des sourires radieux, tout le contraire d'en coin.

Moi-même ? Oui ? Présentement, je me demande si je ne vais pas offrir à mon épouse, plutôt que ce muguet commun, l'exclusivité d'un bol de fromage de tête, fait, pour la première fois, de mes mains.

Loup, y es-tu ?

C'est un loup.

Pauvre loup.

Il y a photo. Apparemment bel animal. Un vrai loup. Un solitaire, sans doute.

Pour une raison ou une autre échappé ou exclu d'une meute, venu sans doute d'Italie. Sans l'aide de personne, il est assez grand pour avoir fait ce chemin de lui-même et par la force des choses.

(Il n'a pas fallu longtemps pour entendre élucubrer tous azimuts à son sujet, depuis les premiers soupçons de sa présence. Jusqu'à la fine supposition, sur l'air sous-entendu d'on-ne-nous-la-fait-pas, qu'on l'aurait aidé à accomplir son voyage transalpin en voiture...)

Un loup. Un solitaire. Un solitaire qui ne va donc pas en meute, comme le veut sa manière ordinaire, et de ce fait ne chasse pas non plus la même sorte de proie, mais va occasionnellement au plus facile, pour lui son MacDo campagnard : un troupeau de moutons, sans gardien, sans même un chien, son cousin domestique, qui suffirait à l'effrayer et lui faire aller voir ailleurs s'il y est.

Loup, y es-tu ?

La carcasse partiellement dévorée, il ne la retrouvera pas le lendemain, il lui faudra recommencer l'abattage plus avant dans sa fuite. Il serait en meute, sa technique de chasse différerait, très probablement n'accordant aux colonies ovines qu'une exceptionnelle attention : ce massif de forêts – et les plaines aussi – regorge suffisamment de cochons sauvages, par exemple, et d'autres gibiers divers, pour le nourrir sans ces chapardages en territoire des hommes.

Ces sacrés hommes qui l'ont fait ennemi de tous temps, qui se vautrent et se complaisent fébrilement dans la fameuse « peur du loup » de tradition ancrée si lointainement (il conviendrait juste de se souvenir que le temps ne fait rien à l'affaire, que ce qui est chenu et chargé du poids des ans n'en est pas obligatoirement riche de bon sens ni de raison, tant s'en faut, et même souvent très loin, et même encore souvent au contraire).

La bonne vieille et sale peur du loup, délice des histoires à faire peur aux enfants, depuis cette imbécile de chaperon jusqu'au grand méchant wolf des trois petits cochons, en passant par les garous de tous acabits et cette imagerie diabolique alimentée à l'envi par la très catholique religion, tradition, tradition levée des temps obscurs où il était aussi monnaie courante d'excommunier des mouches troublant l'office religieux du dimanche, et conservée par paresse au fur des ans et des siècles.

Les traditions sont du poison qu'on tète au biberon.

Mis à part que jamais un loup n'attaqua un animal humain dit civilisé, sauf peut-être jadis en période de grandes famines et alors que les humains n'avaient pas besoin de lui ni d'aucun autre prédateur qu'eux-mêmes pour se bouffer entre eux. Jamais n'attaquera, en tout cas.

Élucubrer que le loup « n'a pas sa place ici » démontre un significatif état d'esprit que je qualifierai de « vieux con », qui est aussi une tradition (encore) très ancrée, au fond. Et pourquoi n'aurait-il pas sa place en ces terres qui sont autant les siennes que les vôtres ? Pourquoi, sinon au nom de lois qui ne sont que les vôtres, et pas mieux, simplement humaines. Entendre par là-dessus que la présence de la bête ferait fuir les touristes achèvera l'abasourdissement...

Il vient d'Italie, empruntant un itinéraire connu, d'Italie où, là-bas, des éleveurs vivent parmi les loups depuis belle lurette, sans pour autant s'avérer plus hystériques ni plus désespérés que la normale. Mais bon Dieu comment font-ils donc ? Leurs villages que je sache ne sont pas dépeuplés, ni décimés par les loups, et il en est même un qui a fait de l'animal en nombre dans ses forêts précisément un attrait touristique…

Pauvre loup. Tu vas avoir, amigo, bien du mérite à rester vivant dans les forêts d'ici pénétrées, poussant ton chemin de banni en dehors de frontières qui pour toi n'existent pas. D'autres hordes que celle de ton espèce, brandissant leurs fusils, vont se lever, prends garde, et t'attendre à tous les coins de bois, grands chasseurs devant leur Éternel persuadés pour le coup, c'est sûr, de devoir t'abattre et exhiber ta dépouille pour le Bon Droit, avec la bénédiction de Dieu et des hommes.

Pauvre loup, file, file, ne te retourne pas !

… dimanche pleurera

Cela vous tombe d'une discussion tranquille, à propos de tout et de rien, dans le matin levant. Nez en l'air et scrutant le ciel à la recherche d'un indice qui nous dirait de quoi allait être fait le temps du jour.

Un ciel bleu et lisse comme un crâne de Schtroumpf sans bonnet. Pas un nuage.

Constatant la chose, mon complice en bavardage laisse échapper : « Eh ben dis donc, tu as vu le ciel ? les femmes sont maîtres… »

Et moi de m'étonner, qui n'avais jamais croisé cette expression.

Il m'a expliqué.

Quand le ciel est limpide, totalement pelé, sans un duvet de nuage, voilà ce qu'on en dit : « Un ciel à ce point bleu, les femmes sont maîtres. »

Non pas maîtresses : maîtres. Allez savoir ce que cela signifie exactement, ce qui se cache derrière la locution, d'où elle sort et comment elle est née, qui le premier et pour quelle raison un jour l'a formulée… On ne saura jamais. Toutes les explications, toutes les significations peuvent faire l'affaire. C'est un dicton.

C'est cela, les dictons.

« Avril fait la fleur, mai en a l'honneur. » Joli.

« S'il pleut le jour du mariage les écus rentreront dans le ménage. » Ouais…

« Chaque chose en son temps, en hiver comme au printemps. » Évidemment.

« Il ne faut pas vivre pour manger mais manger pour vivre. » C'est la sagesse même…

« Celui qui maîtrise la langue garde souvent le silence. »

N'est-ce pas beau ?

Il en fleurit, comme ça, de grandes plates-bandes…

Des rigolos, des très sensés, des profonds… Des mystérieux à tout jamais, et des qui ne tiennent pas debout. Mais qui font bien dans le paysage. Au hasard : cette histoire du mariage pluvieux qui garantirait de l'argent sur le compte commun, par la suite… Qui a vu ça ? J'en connais pourtant personnellement qui avaient mis toutes les chances de leur côté, mariage caillant, en plein hiver, verglas, neige, neige pourrie, autrement dit pluie ET neige, la totale. Eh bien… ils attendent toujours les dividendes.

Ce qui m'amène à cet autre-ci, intemporel turlupineur : « Qui rit vendredi dimanche pleurera. »

Qui pourra analyser le pourquoi et le comment de la chose ? D'où nous vient cette sentencieuse prédiction ?

On peut supposer sans risque d'erreur que nous nous exposons tous et toutes à de belles rigolades un jour et à des retombées les jours suivants. Ce matin, te voilà ravi d'avoir acheté une belle voiture, et quatre jours plus tard moins enthousiaste après avoir embouti un 30 tonnes. C'est un exemple.

La vie c'est ça. Des hauts et des bas, pas besoin de dicton pour nous l'apprendre et nous mettre en garde. On le sait, on le pratique. Si on ne le sait pas on préfère l'apprendre à l'arraché.

Un jour tu es le maître du monde et tu t'envoies en l'air dans un Sofitel Nouyorkais, le lendemain tout ce que tu te tapes c'est des céréales à Rikers Island. Pas glop.

Mais alors pourquoi cette histoire de vendredi et de dimanche ? *Que fait-on, que diable, du samedi ?* Il est là le mystère. L'énigme du jour masqué. Le samedi… Méfions-nous du samedi. Avançons-y sur des œufs. À reculons. À moins que ce soit juste un truc du hasard…

Once upon a time, un obscur quidam qui n'avait rien d'autre à faire de sa vie que pondre des dictons se tape avec des amis un gueuleton formidable, oubliant le dicton qui préconise de ne pas vivre pour manger, et s'en fait péter la sous-ventrière, c'est la joie. Le lendemain, crise de foie. Le dimanche, il en est encore à se vider dans tous les azimuts…

C'est une explication, certes. Pas de quoi généraliser, néanmoins.

Dicton : les dictons feraient mieux de se taire.

En attendant le ciel est bleu, les femmes sont maîtres.

Si.

Braconnerie

Il était seul ou pas (probablement pas) pour commettre le forfait. En tout cas, seul ou pas, lui s'est fait prendre, comme un vulgaire bras cassé qu'il est, à force de connerie sans doute, et de vantardises imbéciles aux comptoirs des bistrots où l'une de ses principales occupations consiste à poser les coudes et les lever en alternance. Il pourrait être, voyez-vous, une figure atypique, voire typique, un personnage, comme on dit, c'est juste – et sans que son poids physique soit en cause – un gros con. Dans le grand, dans tous les sens du terme. Un gros con, entre les épaules de qui l'injure décochée se plante droit, et juste, et profond, à dessein. L'injure à sa mesure.

Il était seul mais il avait des complices. Un client pour le moins. Qui faisait profession de servir aux tables de ses clients le produit des massacres commis. Commis sur commande ? Pourquoi pas ? On peut l'imaginer, si ce n'est pas le cas, c'est plausible, et c'est comme si, ça se tient. Des complices de dépouillage aussi, d'éventrement. Une bande de cons.

Lui, le principal intéressé, il n'a pas manqué de se vanter de la chose, à mots même pas couverts, ici et là, à ces fameux zincs qui lui font office de port d'attache. C'est donc probablement ce qui a permis aux agents du service départemental de l'ONCFS et de plusieurs gendarmes de la Brigade territoriale, ainsi que d'un agent de développement de la Fédération départementale des chasseurs des Vosges, de l'interpeller, lui et un complice, un certain mercredi.

Dans la nuit d'avant, le courageux personnage avait abattu la biche. Pleine.

À proximité de la maison, on a retrouvé les entrailles de la malheureuse bête et un fœtus de faon mâle.

À la suite de quoi, le valeureux braco n'en a pas cessé pour autant ses vantardises et ses déclarations imbibées de m'as-tu-vu catastrophique. Car il est fier, l'imbécile. Fier d'une « notoriété » qui maintenant fait qu'il « est célèbre jusqu'à Nancy »…

Que dire, à ce genre d'individu au crâne ventilé à outrance ?

Que faire, face à cette montagne de connerie incarnée ? après l'avoir soulagé de son fusil, de son véhicule, de ses divers permis assortis. Comment le déstabiliser, juché qu'il est et solidement boulonné sur le socle de sa stupidité ? Et c'est bien là que le bât blesse, car ils possèdent cette arme formidable qu'ils manipulent de main de maître, comme un don, sans même en faire l'effort, sans le moindre mérite : la capacité à l'idiotie, et quand ils se reposent, pour prendre l'air, l'imbécillité. Dans ce cas précis, pour lui la médaille d'or, sans oublier pour autant ses complices périphériques, du même acabit sur le podium, également.

De la biche au menu, c'est tellement fin... tellement peu ordinaire, en toutes saisons.

Certains matins la colère vous a la même fraîcheur qu'une gelée tardive. Et des envies de meurtre qui fourmillent dans les doigts... Évidemment dérisoires, et ne font guère le poids, en regard d'un fœtus mort dans les boyaux de sa mère éventrée...

Debout

Gens du monde, bavards, fatigants bavards. J'ai envie de repos. De m'asseoir. Ne plus voir les burkas et ne plus les entendre, envie de tête ailleurs, de burka moi aussi, de cachette, d'île déserte – encore qu'on n'y soit pas à l'abri d'une quelconque pétroliférante marée.

De tombe.

De voyage…

Des horizons fermés par les montagnes en cercle, comme dans un embrassement rond. Montagnes pas si hautes et qui regardent plutôt vers le bas que le ciel, où nichent les vallées entrecroisées de leurs assises. Voirement, plutôt que des montagnes, des vallées poussées en graine, grandies trop vite vers les sommets rêvés qu'elles n'ont jamais atteints.

Voyager sous ce ciel-là, dans l'encerclement de cet horizon-là comme une ronde figée. Voyager immobile. N'allez pas croire pour autant que le périple soit de tout repos : il use une vie durant, au fil des saisons jamais pareilles qui se déroulent et pourraient vous faire chavirer dans une habitude, un leitmotiv… rien de plus faux. Voyager sous les arbres qui grimpent et fleurissent et frémissent au long des ans comme des siècles, témoins tranquilles de ce qu'ils pouvaient être aux cours successifs des millénaires enfouis dans leurs racines. Ce territoire est le monde tout entier couché en rond comme un chat dans le jardin qui cerne la maison, au pays des renards et des blaireaux, des martres et des fouines, faute d'ours (mais les ours ne sont pas si loin, tendez l'oreille, les ours sont des fantômes amis, ils rôdent encore, braves bêtes).

Voyager dans le temps d'un pays sous le simple prétexte qu'on y est né et qu'on y a poussé comme une espèce d'arbre entre sapins et bouleaux.

Un territoire grandi sous le ciel en vadrouille au jeté du temps et des hommes passés.

Les voyages ne sont pas seulement dans l'espace, ils sont aussi compagnons du Temps. Ils se forgent et prennent maturité comme des choses vivantes, avec le Temps. Le temps qui soi-disant passe revient sans se faire prier à son point de départ. Il suffit de l'appeler et de le tenir par la main.

Les voyages ne sont pas seulement liés à la géographie. Les réduire à une bougeotte physique n'est pas les tenir en grande considération.

Ici, le voyage au fond du jardin tourne rond comme la terre est ronde, et j'en suis le centre, le centre du temps et de l'espace, le centre de l'Histoire des jours suivant les jours, indéfiniment, en une grande sarabande de sapins et de ciels bleus ou gris et de neiges et de pluie et de soleils brûlants, témoins de tant de présences et de tant de passagers en partance pour une escale définitive, de tant de voyageurs sans bagages…

Sous l'œil des renards et des spectres de loups.

Les taupes de Pâques

J'étais petit et j'attendais impatiemment le retour des cloches qui revenaient le dimanche, ding dong, d'un bout à l'autre de la vallée, de clocher en clocher, et on (nous autres enfants émouvants de naïveté) se répandait dans les cours et les jardins et les bois et les prés, à la recherche des œufs que ces sacrées cloches, à leur retour de Rome en vols planés aussi invisibles que gracieux, semaient partout, balançaient par grandes brassées de là-haut, les œufs peints, jolis comme tout, brillants et colorés, qui trouvaient le moyen de tomber en douceur et sans casse et de se loger dans les endroits les plus improbables, comme si des mains carrément humaines les y avaient facétieusement cachés, ma parole !

Je me demande combien de tonnes d'œufs pouvait contenir Rome, en ces époques-là.

Et dans quel coin de la ville se réunissaient les cloches deux jours et deux nuits durant. À mon avis ce n'était pas le moment de vouloir réserver une chambre.

C'étaient des temps charmants.

Sinon qu'une fois de plus, ou déjà, menteurs.

Des jours et des jours de mystification dont ma naïveté d'enfant, partagée avec quelques millions d'autres, faisait les frais. Parce que je suis aujourd'hui en mesure de l'affirmer : tout ceci, cette magique épopée pascale et clochiférienne, qui se répète encore, n'est que du flan. *Les cloches ne quittent pas les clochers et n'y reviennent pas, elles ne sèment pas les œufs de Pâques à tous vents.* Je suis désolé.

La vérité est tout autre.

Les œufs de Pâques en chocolat dans leurs habits dorés sont distribués et parsemés dans les jardins par les taupes.

Les taupes gentilles qui sont les animaux les plus décriés et haïs par les maniaco-propriétaires de pelouses nickel que menace l'infarctus à la première taupinière surgie aux prémices printanières, précédant les coucous, les crocus, avant-signe de tous les signes. Les taupinières de belle terre noire, qu'il suffirait de ramasser d'une pelle légère pour alimenter le vrai jardin à découvert, ou d'effacer d'un coup de râteau, sans nous en faire un plat ni déclencher quelque VIGIPIRATE « spécial taupes » à coups de pétards, de gaz, de saloperies chimiques, de machins empoisonnés et autres conneries sans nom.

Je vous en prie. Maîtrisez-vous, que diable.

Les taupes sont les habitants les plus discrets de vos prés et jardins, elles ne chantent pas à tue-tête la nuit, en périodes de rut, et si elles coupent une racine de temps en temps, la belle affaire ? Le reste du temps, elles se nourrissent de vers, voire de limaces, de machins dans le genre. Bigleuses de velours, elles ne vous mordront même pas quand vous les sauverez par advertance des crocs d'un chat joueur, mais s'efforceront juste avec la force etonnante qui anime leurs pattes pelleteuses de vous creuser la paume (sans succès !), avant que vous les relâchiez dans leur nature, où elles disparaîtront…

Pitié pour les taupes qui le dimanche de Pâques, alors que vos enfants dorment encore du sommeil de l'innocence, sortent à l'air libre sans lunettes, au risque d'accidents, pour distribuer les jolis œufs qu'elles emballent de lumière, dans leurs galeries, tout au long de l'année. Les avez-vous jamais entendues protester contre la forfaiture éhontée dont se rendent coupables à leur endroit depuis des siècles, ou quasiment, sur ce coup-là, les cloches ? Jamais. Muettes en plus qu'aveugles, braves petites foreuses en suédine.

C'est comme les pissenlits. Le savais-tu ? me disait récemment une amie : le pissenlit est un être inoffensif et plutôt innocent. C'est vrai qu'on l'oublie, aussi. Mais c'est une autre histoire.

ÉTÉ

20 juin

Le ciel est gris, lourd d'un poids mouillé de linge sale. La lumière du soir qui s'avance emperle d'ourlets lumineux les crêtes bossuées de la montagne du Nord.

Tout se tait, d'une mutité à ce point aspirée par le dedans des choses qu'on y frôle l'étrange. C'est un silence imparfait, néanmoins, pas hermétiquement muet. Les lèvres closes ne le sont pas au point d'empêcher quelques échappées belles, quelques glissements sur le pouce chiquenaudés en coin.

Les pirouettes vocales tintinnabulantes d'un merle solitaire accrochant ses guirlandes sous les épaisses frondaisons de la charmille. Comme s'il appelait en renfort d'autres interprètes de trilles pour embellir la décoration.

Au loin glissant dans une faille du monde, sur le fil d'un ressac invisible, s'étire à bout de souffle le râle distendu d'une mobylette nasillarde. Comme si elle voulait coudre l'horrible hurlerie asthmatique qui tranche le ventre quiet du soir, se faufile à grands points le vol plané d'une feuille jaune tombée hors de saison. En ronds tournoyants d'une spirale déliée jusqu'au sol.

L'herbe tondue de frais couche platement ses pâles andains dans les odeurs aromatisées qu'a saupoudré la coupe de l'après-midi, alors que le soleil brûlait. Quand la chaleur tombait droit des puits bleus ouverts entre les nuages, quand l'air tremblait de tous ses pores. Que le moindre geste faisait sourdre la sueur, que les aisselles collaient, que ça vous dégoulinait le long du dos, glissant comme une bête sans pattes jusques au creux de la raie de vos fesses.

Aux ombres languides de la fanée brassée, des nuages de mouchottes hystériques tourniquent à la folie dans les lumières rasantes.

Les deux parties d'un orvet que la lame a tranché ont fini de se tordre sur elles-mêmes et reposent dans une touffe de cumin des prés.

Posée au centre du chemin de caillasses gris-rose, Madame Mouche, chatte boulotte rayée d'ambre et d'airain, qui porte son bedon sur des pattes un peu courtes soutenant un profil quelque peu rectangulaire, a doublé de volume, ce qui n'est pas peu dire. Elle est figée, collée pattes liées dans une faille de temps. Ce qui la fascine à ce point, du côté de la maison, ne doit pas être mince affaire. Certainement bien davantage que ce matou errant aux joues de bagarreur et regard assorti, apparu depuis quelques jours et qui emplit les nuits de ses rouânesses de mâle en rut, un de ces aventuriers comme il en passe régulièrement, que leurs chemins de vagabonds déportent vers ici où fleurent des présences de chattes. Certainement pas ce pirate-là. Il en faut davantage à Madame Mouche, qui n'est plus toute jeunette, pour qu'un trouble à ce point lui ébouriffe le volume.

Et puis, sur le muret du petit jardin que cerne le passage, Speedoo, fils de Madame Mouche et d'un précédent voyageur au regard siamois, est assis. La queue ramenée sur les pattes. Et lui aussi scrute le même point hors de vue de qui se trouve dans la maison et observe par la fenêtre.

Je m'approche du carreau au moment même où le renard entre en scène.

Il vient de l'angle de la maison, qui a probablement caché son approche. Impossible de savoir s'il arrivait de l'extrémité du terrain, côté pentu de la forêt, ou s'il a traversé les prés en dessous de la maison puis le chemin d'accès et grimpé le talus pour traverser la haie ensuite et déboucher sur le terre-plein.

Un renard gris-roux avec des reflets de flammes sur les flancs et des pâleurs sous le ventre, des oreilles farinées, la queue épaisse, touffue, aussi longue que le corps, d'un gris sombre de cendres. Une magnifique bête. Il va tranquille, à pas comptés, se dirige nonchalant vers Madame Mouche qui ne bronche d'un poil, ou plutôt si, hurlupée comme jamais se gonfle encore si possible, sur place, comme une sorte de chardon massif ancré dans le sol pierreux. Sur le muret Speedoo hésite un temps entre assurer son assise et se coucher franchement sur ses pattes – décide de rester assis droit. Suivant le spectacle de cet œil bleu qui lui vient de son père.

Le renard s'avance, droit vers Madame Mouche.

À cinquante centimètres s'arrête, marque un temps, tend le cou, la renifle, comme elle le fait elle-même, gueule ouverte sur ses minuscules dents, un souffle de silence en haleine…

Il se détourne, ce n'est pas un salut bien sûr que le mouvement des épaules sous la fourrure évoque pourtant immanquablement.

Il poursuit sa trotte, sans plus ni moins de hâte, il s'écarte, Madame Mouche mâchoires refermées ravale son intimidation démonstrative, tourne la tête pour suivre des yeux le grand roux grisonnant qui s'éloigne. Sort du chemin, passe sous le sapin taillé, en bordure, grimpe le talus étroit planté de fleurs, se coule sous le forsythia qui s'éteint, passe la crête, plonge de l'autre côté. Il est parti.

Madame Mouche se redresse et s'ébroue, retrouve un volume acceptable, l'ébouriffage graduellement retombé. Elle suit des yeux un instant encore vers cette direction où le renard s'est coulé dans le sombre sous le faisceau des aulnes. Elle a encore un bref secouement de tête. Elle se met en marche, le bidon qui ballotte, vers la maison.

Après un temps d'hésitation, un dernier coup d'œil, à son tour, vers les aulnes aux feuillages frémissant, Speedoo descend de son caillou, l'effort apparemment coûteux, il s'étire, il suit sa mère à quelques pas.

Dans le cendreux du ciel des remous se déroulent en longues et lentes culbutes, roulades somnolentes. Ils halent dans leurs ventres heurtés les uns contre les autres des flatulences grondeuses et gargouillements de mauvais aloi.

Les feuilles tout à coup se sont mises à danser, dans un tourbillon chuintant de vent dressé réveillé en sursaut qui fait courber les cimes.

La lumière maintenant flétrie rampe au flanc terne des montagnes. Les coulisses où ne rôde que le vent se taisent, pour un moment encore, décors suspendus à des élingues tendues à craquer, prêts à tomber des cintres…

Le tonneau

Si je l'attrape, dit Albin, je le fous dans un tonneau et je soude le couvercle !

Vêtu d'un maillot de corps kaki arborant un croissant de taches d'huile sur le dessus de la bedaine, d'un short bleu maculé de toutes parts dont la ceinture disparaissait sous le repli ventral, il avait des genoux larges et plats, des mollets comme des racines, les chaussettes retombant en accordéon sur la tige délacée des godillots. Du poil aux pattes noir et frisé.

Il était là derrière le grillage découpé de la clôture, à contempler une fois de plus les dégâts, en compagnie des deux gendarmes. Un gendarme et une gendarmette.

Je vois pas ce qu'il y a de mieux à faire, approuva le gendarme, un grand sifflet au long cou et aux joues étonnamment rouges qui transpirait comme une plaque de gril huilée. Et pis vous l'enterrez.

Albin lui jeta un coup d'œil circonspect, histoire de voir.

C'est pas ce qui vous manque pour le faire, vous avez de quoi, ajouta le gendarme.

Il vouvoyait Albin, son aîné de près de trente ans.

Il retira son képi et s'essuya le front avec un mouchoir blanc soigneusement plié. Désignant le tractopelle d'un mouvement de son képi avant de le recoiffer. Il s'essuya l'arête du nez avec le mouchoir qu'il garda entre ses doigts, dans une main puis dans l'autre, le fronçant et le défronçant.

Albin eut un soupir bruyant du fin fond des alvéoles. À son tour, il retira sa casquette graisseuse Stihl et essuya le dessus blême de son crâne dégarni d'un revers d'avant-bras.

Le regard bleu délavé de la gendarmette aux lèvres pincées allait de l'un à l'autre, accusant cinquante bons centimètres de dénivellation à chaque aller-retour.

Puis tous trois contemplèrent à nouveau, en silence, un instant, la signature du délit tranchée dans le grillage de l'enceinte. Une découpe franche à la cisaille dans les mailles de fer gainé de plastique vert. Sur une hauteur d'homme.

La route passait juste de l'autre côté, quatre mètres de large, un ruban de macadam gris bleuâtre, dans un ton de barbe rude sur une joue seulement rasée. Avec de la poussière sur les bas-côtés et des ganses de gazon pelé, et contre le grillage des pousses fracassées de renouée du Japon, à cet endroit piétinées et enchevêtrées. Il y avait de vrais buissons de cette cochonnerie envahissante sur toute la longueur de la palissade grillagée, cette année Albin ne les avait pas fauchés, il avait laissé faire et pousser, il s'était dit qu'au moins avec cet écran naturel on ne verrait pas à l'intérieur de sa cour et aux alentours de ses hangars, ce qui pourrait éviter à certains salopards de se laisser glisser vers les tentations – ceux qui ne savaient pas de quoi il retournait dans l'établissement.

Parce qu'il était persuadé que les auteurs des cambriolages à répétition n'ignoraient pas où ils mettaient les pieds. Ni ce qu'ils cherchaient.

Au moins les trois dernières fois. Les trois dernières avant celle-ci – le pompon.

La première fois, il était pratiquement sûr que c'était un coup des manouches. Il en avait vu rôder quelques jours avant, et plusieurs jours de suite. Passant et repassant dans leur tube pourri, à mater partout. De la hauteur du siège dans la cabine ils pouvaient voir par-dessus la haie de renouée du Japon, tiens, les malins ! Ils avaient fait une visite de nuit, sans fracas, étaient passés par-dessus la palissade et avaient siphonné le tracto, la camionnette de l'entreprise, et une partie de la cuve sur pilotis derrière le hangar. Ils devaient être une petite bande, une partie au siphonnage à l'intérieur et un ou deux à l'extérieur qui réceptionnaient les jerrycans et les entassaient dans leur putain de tube.

Les autres fois ç'avait été la caisse, carrément, et du temps de midi, la mallette qu'Albin avait laissée imprudemment dans le bureau, et puis la caisse proprement dite, la boîte de sablés bretons, sous le comptoir de la réception (on appelait ça la réception). Et puis la carabine de chasse accrochée dans les chiottes. Il fallait le savoir, ça. Non ? Ce jour-là, ce midi-là, justement, pour la mallette, il fallait le savoir, non ? Et pas d'effraction. Le cadenas de la porte d'entrée de la palissade d'enceinte ouvert. La porte du bureau ouverte. Pas refermée. La porte des W-C, pareil. Mais la porte des W-C, bon…

N'avaient rien fauché d'autre, pas un outil, pas une tronçonneuse, ni la moindre débroussailleuse, il y en avait bien une trentaine en magasin, pas une hache, rien, les feignants !

Là, bon Dieu, finit par prononcer rauquement Albin, vous allez pas me dire que si vous recherchez un peu vous n'allez pas la retrouver ! Merde, c'est quand même pas rien, ça passe pas inaperçu !

Elle est peut-être déjà loin, émit la gendarmette d'une voix douce.

Albin leva un sourcil : Déjà loin ? Comment ça, loin ?

À l'autre bout du département, ou plus loin encore, supputa la gendarmette avec une moue dubitative de ses lèvres en cul de poule.

On a prévenu, dit le gendarme au cou de cigogne. Les autres brigades, tout le truc, dit-il.

Tripotant son mouchoir plié, apparemment ennuyé.

Albin soupira et se racla la gorge. Il pointa un index ganté de cambouis en direction de la découpe dans le grillage, et au-delà, dans les renouées du Japon piétinées où s'inscrivaient nettement et en profondeur les pattes de stabilité rétractables du camion.

Des caïds, quand même, dit-il avec une sorte de nuance admirative en fond du ton grognon. Faut être gonflé, et ça n'a pas dû leur prendre plus de… (il réfléchit deux secondes, fit tourner sa main paume en bas paume en l'air) dix minutes ? un quart d'heure à tout péter.

Pas davantage ? dit la gendarmette de sa voix angélique.

Albin se fit un plaisir de tracer le déroulé de la scène : Le bahut s'amène, au pas, tranquille, et tous feux éteints, depuis la maison des Gravière, à cent mètres. Les Gravière n'ont rien entendu. Moteur coupé, après la pente avant leur maison, et hop que je te roule, Raoul. S'arrêtent ici, là, pile. Un type descend et coupe le grillage pendant qu'ils stabilisent le bahut, ils tournent la grue, le type passé par le grillage place des sangles sous le compresseur, il attrape le crochet de la grue, il accroche. Hop.

La gendarmette suivait dans les airs le déroulement des opérations évoquées. Elle resta un instant le regard levé fixé sur un point à hauteur de la palissade, paupières plissées dans la lumière aveuglante du soleil. La chaleur semblait deux fois plus pesante, depuis un moment. L'air tremblait au-dessus des prés, faisait vibrer comme une palpitation sur le macadam gris.

Hop ! reprit Albin qui poursuivit la démonstration en agitant ses mains – et le regard un court instant figé de la gendarmette reprit son ascension. Moteur en marche, la grue lève le compresseur, tourne par-dessus la palissade, dépose l'engin sur le plateau du camion. Le type a embarqué le marteau-piqueur, les tuyaux de compression… Ils gardent les sangles tendues en positionnant la grue, ils sanglent les roues du compresseur au plateau, et hop. Moins de dix minutes, si ça se trouve. Les voilà partis. Ni vu ni connu j't'embrouille.

Mm-mm, fit la gendarmette en hochant la tête.

C'était bien la seule à ne pas transpirer une goutte.

Nom de Dieu, dit Albin.

C'est sûr, dit le gendarme en retirant son képi et en s'épongeant le front avec son mouchoir plié.

Albin retira sa casquette Stihl et s'essuya la calvitie avec son avant-bras gauche, puis avec le droit. Recoiffa la casquette en même temps que le gendarme son képi.

Tu vas quand même pas me dire que c'est n'importe qui qui peut faire ça. Déjà, en faisant le tour de tous les artisans en bâtiment…

Ça en fait un paquet, dit le gendarme sur un ton épuisé.

Bon Dieu vous êtes combien dans vos brigades, à vous la couler pépère, en ce moment, et siroter vos pastis ? Vous devriez être lancés au galop, là. À vérifier déjà chez les artisans. Même si c'est des manouches, ils sont pas à l'autre bout de la France. Au lieu de vous accrocher à vos ventilateurs…

Hé là, dit le gendarme au long cou.

Seulement je vous le dis, moi, les gars, gronda Albin. Qu'ils reviennent, tiens. Pour n'importe quoi ! Ils vont me piquer mon tracto, maintenant ? après ma caisse, un fusil, un compresseur et un marteau pneumatique… Hein ?

On n'espère pas, dit la gendarmette en hochant le coin de l'épaule.

Elle recula d'un pas, d'un autre. S'éloignant de la palissade. Elle contempla les yeux plissés la cour de graviers blancs qui réverbérait la lumière à grands coups de couteau dans les yeux. Les ombres étaient comme des balafres tranchées net ouvertes sur un autre monde. La gendarmette regardait la cour et l'ouverture sombre du grand hangar de l'établissement de vente et réparations de matériel agricole en tous genres. Les autres bâtiments annexes. Les deux tas de ferrailles rouillées de part et d'autre des constructions latérales de parpaings non crépis et de tôles plus ou moins rouillées – surtout les murs exposés au mauvais temps. Elle marmonna quelque chose, ou se racla la gorge.

Parce que je te le dis, affirma Albin. Celui que j'attrape, je le colle dans un tonneau et je soude le couvercle. Garanti ! je déconne pas.

Je peux pas dire que je vous comprends pas, admit le gendarme. Cinq… six fois de suite, comme ça… et puis un compresseur de marteau-piqueur, maintenant…

Albin ouvrit la bouche mais ne dit rien, baissa la visière de sa casquette sur ses yeux plissés et considéra le gendarme et se demanda (visiblement) si celui-ci se fichait carrément de sa fiole, ou pas.

Je déconne pas, dit-il sourdement.

Je comprends bien, dit le gendarme à voix basse.

Lui aussi quitta la palissade éventrée et rejoignit la gendarmette. Il dit : Bon alors on va regarder ça. On va voir, auprès des artisans. Mais ceux qui ont fait ça ne sont pas cons non plus.

La nuit suivante, Albin prit position dans ce faux grenier qu'il avait construit dans le grand magasin, comme une gigantesque mezzanine sur trois côtés du bâtiment, où il entreposait des choses et des trucs de récup en tous genres, des pneus, des moteurs (en tous genres aussi), des meubles, de la ferraille, des plaques de bois aggloméré et de contreplaqué, toutes sortes de machins. Il retira quatre pneus de camion d'une pile et installa un lit de camp derrière la meurtrière ainsi pratiquée, avec un sac de couchage, et sa boîte à casse-croûte à côté.

Et la SXR Vulcan Winchester à portée de main. Lunette de tir nocturne Cobra.

Mariette l'avait traité de cinglé. Il n'en avait rien à secouer. Cela faisait trente ans que Mariette ne manquait pas une occasion de le traiter de cinglé. Les jours de gloire avaient baissé pavillon depuis longtemps. Ils avaient fêté leurs noces de rubis (comme elle avait appelé cet anniversaire) l'année dernière. Ils s'étaient connus à l'école, mais surtout après sa sortie de préventive, après qu'elle eut balancé par-dessus le pont, à la rivière, ce type qui avait voulu l'embêter à la sortie du bal des parents d'élèves. En plein mois de mars, la rivière était haute, et c'était une sortie d'hiver pourrie, des grandes eaux. Le type était le fils du gros Thomas, aussi con que son père, sa première cuite à quatorze ans et depuis lors non-stop. On avait retrouvé son corps par inadvertance (un pêcheur à la mouche), un pied dans un brodequin, quatre ans plus tard, coincé dans la grille d'une vanne à cinquante kilomètres de son point de plongeon, le cuir du brodequin quasi intact.

Alors qu'elle ne vienne pas nous faire la morale.

Albin mangea son casse-croûte un peu avant minuit, et une heure après s'endormit. Le jour levé au travers des plaques ondulées translucides et les craquements des tôles qui changeaient de température aux premiers rayons l'éveillèrent.

Ce fut approximativement son emploi du temps nocturne durant plus d'un mois. Presque un mois et demi.

Il fermait le magasin, 19 h – 19 h 30 – 20 h, en gros, sautait dans son 4 × 4 et remontait chez lui à l'autre bout du village, la sortie jouxtant la commune voisine. Mangeait. Au premier pan de la nuit tombée il redescendait avec sa gamelle, entrait le 4 × 4 dans la cour, refermait le portail, entrait le 4 × 4 dans le hangar, tirait la porte à glissière, prenait place sur son perchoir de guet. Il écoutait la nuit alentour.

Absolument persuadé qu'à un moment, un moment quelconque, le chapardeur se pointerait. Le ou les chapardeurs. Ça ne faisait pas un pli. Sans le moindre doute. Les petits salauds.

Après une semaine il prit des journaux, des magazines, qu'il parcourait à la lueur d'une lampe de poche minuscule…

Le grincement de tôle le fit sursauter et l'inonda de sueur en une fraction de seconde. Premier réflexe : il crut qu'il avait rêvé. Qu'il somnolait, le grincement perçu une hallucination dérivant de son sommeil… mais non. Encore.

En provenance de la porte d'entrée.

Il empoigna sa carabine. Se redressa à genoux dans la meurtrière entre les pneus. En bas, la tôle émit un pet sonore et bref qu'Albin identifia sans erreur possible comme provenant de la tête sautée d'un rivet. L'instant suivant, et pour continuer dans le sens de sa supputation, une des tôles du mur du magasin, à côté de la porte, fut tordue dans un grand cri et retroussée en poussant un long gargouillement de fer.

La nuit claire entra dans le magasin par l'ouverture.

Et puis une ombre, tranchée dans la langue de clarté de lune, une silhouette qui se glissait à l'intérieur…

Albin n'attendit pas que le chapardeur achève de s'insinuer. Le silencieux fit « shvouf » !, la silhouette s'abattit en avant, poussa des grognements et des couinements brefs de goret, s'agita en secouant la tôle, tout cela pendant un temps infini, puis se tut et ne remua plus.

C'était un type qu'Albin ne connaissait pas. Un maigrichon vêtu d'un de ces pantalons larges comme les jeunes en portent maintenant, coupés à mi-mollets, et d'un tee-shirt avec le portrait de Corto Maltese (c'était écrit sous le dessin) dans le dos et sur la poitrine. Un ni jeune ni vieux. Chaussé de baskets à semelles épaisses et tiges non lacées. Un vaurien venu d'on ne sait où.

Même si Albin l'avait connu, ce n'était pas certain qu'il l'eût *reconnu,* dans cette mauvaise lumière et avec tout ce sang noir et luisant qui lui barbouillait le visage tordu de travers. Dans cette bouillie les dents qui jaillissaient en désordre envoyaient des éclats blancs.

Albin laissa retomber la pression en adressant quelques insultes au cadavre. Il le tira complètement à l'intérieur, par le trou pratiqué, puis il sortit et évalua les dégâts.

Il y avait un pied-de-biche à terre. Deux rivets sautés à la plaque de tôle tordue.

Albin replia la tôle, la remit en place, replaça deux pointes à tête large de rivets dans les trous et les enfonça en quelques coups de marteau. Le bruit lui parut s'entendre jusqu'au bout de la vallée. Il attendit un moment. Entra dans le magasin et referma la porte.

Il alla chercher le tonneau de fuel vide au fond du magasin, qu'il fit rouler jusqu'à la porte. Il empoigna le corps du voleur et le souleva et le plia tête la première dans le tonneau. Repoussa les jambes.

Il mit en place le couvercle qu'il serra avec deux pinces-étaux, et la pince de masse du poste de soudure.

Il utilisa deux électrodes. Éjecta, avec un long soupir, le trognon de la dernière et reposa le masque protecteur sur le bord de son établi. Il était couvert de sueur.

Il n'avait pas fouillé les poches du type, ne jugeant pas utile de savoir qui il était ni d'où il venait.

La nuit était claire avec un ciel bourré de lune pratiquement sans nuages. Des ombres au sol presque aussi dures qu'en plein jour.

Quand il vit la voiture stationnée à une vingtaine de mètres du portail de l'enceinte (sans doute dans le but de ne pas attirer l'attention d'un éventuel passant nocturne sur la présence de ce véhicule à proximité du magasin) un trait cinglant d'angoisse transperça Albin.

C'était un Ford relativement récent mais à la peinture sérieusement éprouvée, les portières généreusement mastiquées en attente d'une couche de propreté nouvelle. Immatriculé 54.

Saleté, grommela Albin. Il poussa un vrai soupir de soulagement en constatant que la portière était ouverte… et la clef engagée. Soulagement de ne pas devoir dessouder le couvercle et fouiller la poche du voleur. Elle démarra au quart de tour.

Bonne bagnole, se disait Albin. Dommage. Il roula jusqu'à l'entrée du village, à l'endroit où la route franchissait le pont sur la rivière qu'une entreprise était en train d'élargir, depuis le début de l'été. Le garde-fou sur le côté droit avait disparu.

Albin poussa la voiture entre les barrières de travaux et la potence des feux de signalisation. Il la vit basculer et tourna les talons aussitôt, le bruit de l'impact l'atteignit dans le dos alors qu'il était déjà éloigné de dix pas. Il retira ses gants de travail et les enfourna dans la poche poitrine de sa salopette.

Il y avait, parallèle à la route nationale, un chemin communal courant à la base de la colline et traversant le village, rejoignant précisément la route un peu avant le pont. Albin prit ce chemin. Deux heures plus tard il se retrouvait au magasin, fourbu, vidé.

Il trimballa le tonneau sur un diable, à l'os, pour ne pas faire de bruit, jusque derrière les bâtiments, le rangea avec d'autres tas de ferraille, sur la bande de terre de quelques mètres de large qui bordait la rivière, puis il regagna son perchoir, son lit de camp, son sac de couchage, son fusil, et s'endormit comme une masse et ronfla bouche ouverte et bava de la salive sur son bras replié jusqu'au lever du jour.

Le jour de l'automne, un jour frisquet blanchi de givre, Albin fit un trou au bord de la rivière, en quelques coups de pelle de tracto, jusqu'à atteindre l'eau, dans lequel il balança plusieurs saloperies, des ferrailles, des vieux fûts et tonneaux dont un au couvercle soudé, et il recouvrit tout cela.

Le lendemain il neigea, les premiers flocons de l'année.

La veille de Noël, les gendarmes qui passaient par là vinrent se faire payer un verre et annoncer à Albin qu'il ne fallait plus qu'il espère retrouver son compresseur.

Parce que tu croyais que j'y comptais ? pouffa Albin entre ses dents, l'œil allumé.

C'était le grand gendarme au cou de héron et aux joues rouges et un autre, un jeune, les mains gantées de moufles qu'il frappait l'une dans l'autre. La gendarmette ne patrouillait plus tellement.

Ça va, maintenant, dit le gendarme aux joues rouges – il ne posait pas la question. Vous n'avez plus été visité depuis un moment.

Ça va, dit Albin, ça s'est calmé.

Il se cogna du poing le dessus de sa casquette version chapka, les couvre-oreilles de fausse fourrure ballottant de part et d'autre de ses joues rondes comme des oreilles de chien.

Je touche du bois, dit-il.

Théâtre du Peuple

Je cite :

Maurice Pottecher a vingt-huit ans quand son théâtre de bois vient au monde, unique, au fond de la vallée étroite.

Parfois, la montagne sourit, à peine si le coin de ses lèvres plisse et se trousse. Il faut, pour s'en apercevoir, une certaine habitude de l'œil, de l'oreille aussi, et savoir se déshabituer du quotidien massacre des paysages alignés sur le bord des routes et jusque dans les villages. C'est une façon qu'a la lumière de se poser dans les fougères hautes des sous-bois. Sans le moindre doute, elle a eu de ces sourires-là, pour l'homme qui lui découvrit vocation théâtrale. Non pas seulement sa vocation à lui, sa décision à lui, mais son identité à elle.

Elle est le théâtre. Elle est le monde entier, pour celui qui a choisi de raconter un morceau du monde. Elle est au moins aussi vivante, autant le monde, que les villes de partout et nulle part dans les murs desquelles sont dressés les QG et décidées les batailles des leurres.

Le rideau se lève, il retombe. Les trois coups que l'on frappe encore et toujours ne sont qu'un écho évoquant la très lointaine première fois. Le commencement de la représentation se perd dans des gouffres de nuit des temps, le rideau final ne tombera qu'avec le réveil de la bête, et personne, pas même les dieux (à qui la peur des hommes distribua le premier rôle), personne ne connaît l'instant.

Dans ce théâtre-là, se poseront en touches nettes impressionnistes les couleurs de la vie des gens d'ici, qui sont à leur façon gens de partout. Puisque ce morceau du monde est le monde.

Les gens et les saisons d'ici parlent un même langage. Ils ont les mêmes mots qu'ils poussent au plus court, les mêmes acharnements tranquilles à vivre selon des rites, un rythme, un modèle donné. Les gens et les saisons d'ici se succèdent immuablement, comme si, en apparence, tout devait toujours présenter cette même sorte d'image, avec pourtant une réelle prudence inavouée. Ils traversent en complices muets les époques qui les emportent, ils sont vivants, ils sont morts.

Quand ils sont morts, ils demeurent encore un peu, le temps que des vivants, quelques-uns, se souviennent, et c'est fini, et ils reviennent sur le bord d'autres saisons nouvelles, ils ont des ressemblances, des manières de se tenir debout ou assis, de croiser leurs jambes, de sourire, de rire, de dire les choses, oui, les voilà revenus, cela n'en finit pas, ils reviennent sans fin, ils sont toujours de retour.

Ils sont les gens qu'il écouta, regarda, au milieu desquels il grandit. Ils étaient deux milliers, environ, à cette époque dans ce village à quelques pas de la frontière d'alors avec l'Allemagne. La famille y avait son berceau. Son père et son frère étaient industriels.

Lui, le poète, il épousa une jeune femme d'ascendance martiniquaise, une Parisienne, prix du Conservatoire.

Il écrira, plus tard : *Ce théâtre sera un éveilleur de conscience. Chacun des spectateurs viendra y chercher un plaisir et en emportera un sujet de réflexions...*

L'écrira à l'écoute des galops du vent noir montant des lointaines frontières ennuitées de l'hiver. Peut-être serait-il, aujourd'hui, en colère ? Debout sur le seuil de son théâtre de bois, en fond du cul du monde suintant la Moselle. Le Théâtre du Peuple de Bussang.

J'y suis allé, voici de cela quelques jours. Voir une pièce présentée comme une tragicomédie, une saga sur l'industrie textile dans les Vosges…

L'endroit possède un charme indéniable. Je n'y étais pas retourné depuis plusieurs années, pour la raison très simple que les spectacles proposés, a priori, ne m'attiraient pas. J'aurais pu, je sais bien, me passer de programme et me rendre au spectacle pour la seule et unique envie d'y assister… Me laisser glisser dans le contenant sans me soucier du contenu.

Quand j'étais enfant et même un peu plus, et qu'encore dans mon village une salle de cinéma était en activité, nous allions, chaque samedi, systématiquement, voir le film projeté, peu importe lequel. C'est sur ce genre d'élan, je le sais, que nombre des spectateurs du Théâtre du Peuple s'y retrouvent, en été, coûte que coûte et vaille que vaille, c'est la sortie. Qui plus est culturelle.

Pour ma part, ne fonctionnant pas exactement selon ce processus, plusieurs années sont passées sans.

Et puis là, m'y voilà revenu, et c'est comme évoqué plus haut, sitôt le pas franchi et les suivants foulant la cour croustillante de graviers, la magie, le charme, l'atmosphère des lieux insinués.

Le bâtiment de bois, massif et élancé tout à la fois, trapu et délié. L'odeur. Les gens, leur grouillement canalisé progressivement vers les entrées… Et dans le ventre du bâtiment.

J'en gardais un souvenir plus vaste, quelle idée, on se souvient toujours des magies sous leur plus grande apparence, même si celle-ci est exagérée, c'est le propre de la magie que d'illusionner. Les bancs de bois. Les coussins qui se louent ou s'apportent avec soi (cf. habitués), l'ankylose dorsale à l'affût dès les premiers instants et qui se manifestera tôt ou tard, mais qu'à cela ne tienne. Le brouhaha ambiant : les mille conversations enchevêtrées des spectateurs encore maîtres des lieux, dans l'attente… Et puis…

La pièce : Tragicomédie industrielle, c'est sous ce label que le spectacle est vanté, la publicité dudit nous alléchant d'« été brûlant », Bussang « rimant avec étourdissant », « 27 000 spectateurs attendus ». Il devait être question de saga, de grande histoire du textile dans ces lieux montagneux. Un présentateur crieur dès l'abord nous prévient : Il va y avoir du drame, du sexe, de l'amour et de la trahison, voici l'histoire chaotique et lubrique de Clara, tisserande en ces lieux, dont on a retrouvé les mémoires…

Écriture de commande. On a noyé l'auteur sous une masse documentaire sur le sujet (dont le très authentique « Mémoires de Clara, tisserande », je suppose). Alimentée au régime de la chronique industrielle et sociale, donc, ladite auteur a ajouté au menu une pointe de dramatisation fictionnelle axée principalement sur les ressorts de la gauloiserie et des pouvoirs sociaux. Je ne m'attendais pas à ce grand-guignol, mais bel et bien une saga, à travers l'histoire (pourtant promise) de Clara, j'attendais un autre théâtre que cette succession de sketchs monologués, d'un intérêt discutable quant à leur contenu et ourdis par une laborieuse mécanique comique, reliés par une chorale narratrice déroulant le cheminement de l'intrigue. J'ai eu mal aux reins, comme prévu. Les spectateurs et spectatrices autour de moi échangeaient à plus ou moins mi-voix des remarques amusées, et riaient aux allusions érotico-pimentées qui assaisonnent le récit à la moindre occasion, ou même s'en passant – un peu comme on doit rire aux blagues de l'oncle Machin en fin de repas de noces, après la jarretière, et avant qu'il finisse en son apothéose, grimpé sur une chaise, par nous montrer son cul.

Les poules sur scène panouillaient bien.

Je n'ai pas pu m'empêcher, c'est mon côté teigneux, de songer avec une brûlure de l'émotion tourneboulée assortie à la teigne, à Clara, Clara la vraie, son prénom en otage dans cette histoire, et son métier en son temps avec elle, Clara, si elle avait vu cela…

Mais Clara, heureusement, pourrit dans sa tombe…

Images de vacances

Vous n'êtes pas partis, ce qui est soit un choix, soit une obligation.

Au résultat vous voilà à la maison tandis que l'été coule autour de vous et surtout sur le toit, dans les chéneaux, les caniveaux. Mais ça va s'arranger. Il y aura un bel automne, comme toujours, et un joyeux Noël, il faut savoir attendre. Que dit le Messager Boiteux à ce sujet ? On le consulte encore, ce n'est pas une plaisanterie, il paraît qu'on y croit : il avait prédit un été caniculaire ? et alors ? nous n'en étions pas loin…

Vous voilà donc à la maison, au chaud, devant la cheminée, comme le veut la saison, ce 15 août, anniversaire de Marie, patronne des alpinistes. Pour vous soutenir dans l'épreuve, tout n'est pas triste : vous recevez régulièrement des cartes postales de vos amis et connaissances qui font le tour du monde ou se dorent la couenne sur quelque plage ensoleillée de la planète, parmi des centaines d'autres sardines huilées.

Ou encore d'un camping – ensardinés toujours mais dans des boîtes différentes et à une autre sauce.

Ils écrivent qu'il fait beau, c'est merveilleux, qu'ils pensent à vous, signé Machin et Machine. Des prénoms bruts, équarris de patronymes, que vous êtes bien en peine de situer dans votre petite galaxie de proches familiaux, amicaux, ou tout bonnement proches. C'est qui, Machin ? Ça te dit quelque chose, à toi ? mais enfin, oui, Machin ! Machin de Machine ? Mais évidemment ! Ah oui ! ah bon…

Ou (c'est nouveau) des SMS, des photos via l'iPhone, des messages en images transitant par Facebook. Messages qui la plupart du temps (beau) vous arrivent du Sud où soleil il y cogne. D'endroits où on se doit de passer des vacances. Les vacances sans soleil sont comme du chili sans carne. Les gens vont en vacances là ousque ça chauffe, dedans comme dehors, en des lieux réputés idoines, qui appellent à la foule et aux dollars. Bisness is bisness, c'est la règle du congé payant.

Alors, du coin de votre cheminée, ayez, braves gens, une pensée émue pour ces autochtones du Sud envahis régulièrement par, genre, voyons voir… genre ferias ! Un monument, la feria, produit sudiste, donc subtil et délicat, par comparaison aux débordements carnavalesques barbares du Nord, vous dira-t-on. Car le Sud et sa légèreté ensoleillée, sa joie de vivre, sont du domaine du raffinement – le Nord : la barbarie.

Le raffinement de la feria (à Béziers, par exemple) égrène quelques spectacles folklos et danses du même tonneau dans la journée, avant qu'ensuite déferle le déchaînement populaire, les cris, les sonos en affrontements des bodegas, les hectolitres de rosé, bière, pastis, ingurgités par les hordes raffinées en délire qui une fois remplies vont se soulager avec raffinement dans les rues de la ville, de préférence les étroites, pisser, chier, vomir, au point qu'après la fête certains de ces passages sont impropres pendant longtemps à la circulation, puanteur aidant. La feria c'est la nuit de hurlements des foules, les enfants de cinq ans perdus dans ladite à trois heures du matin, celui-ci, de trois à peine, poussant himself son landau tandis que maman chancelante et cuvante suit à trois pas… raffinement méditerranéen…

Mais le Sud, c'est aussi quelquefois de belles images, de belles histoires, comme celle de ce taureau quittant l'arène de Tafalla, en Navarre, pour escalader les gradins et y jouer un peu à sa manière parmi les spectateurs, une trentaine au compteur à l'hosto, joli palmarès, on ne dit pas combien l'exploit valut d'oreilles et de queues à l'animal terrorisé et révolté – il méritait grandement.

Et nous applaudirons le taureau ! Ne plaindrons pas ces aficionados expédiés aux urgences.

Pas plus que nous n'aurions versé de larmes sur les spectateurs de l'arène romaine que Spartacus, un beau jour de révolte levée, passa au fil du trident et du glaive.

Pour la belle histoire, le taureau rebelle après son amusement s'en est retourné par la ville et il est rentré dans sa manade, où on le retrouva le lendemain. Il n'était pas en vacances…

Le tire-jus et le reste

On nous dit : ne gâchons pas.

Conseil que ma mère me donnait sans avoir besoin de passer par les ondes et la télévision.

On nous conseille, dans cet ordre d'idées, d'aller au restaurant avec notre petite serviette en poche, ce qui évitera l'emploi de celle, en papier, mise à votre disposition. Pourquoi pas ?

Profitons-en pour prendre le train en marche et nous dresser dans le cadre bienvenu de cette campagne anti-gâchis consommateur contre ces énormes gâchis issus de la papeterie, et notamment celui, ô combien énorme, planétaire, des mouchoirs en papier !

Vingt milliards de mouchoirs en papier (d'une seule marque !) vendus en France dans l'année. Plus de six cents par SECONDE. Une seule marque. Alors, dans le monde ?

On nous a chanté le couplet de l'hygiène. On se mouche, on jette, et hop. Et on jette où ? et avant de jeter, on en fait quoi ?

Le refrain de l'élégance, aussi. Ah oui ! Parlons-en de l'élégance ! C'est élégant de se moucher dans un machin qui se déchire et vous en colle plein les doigts ?

Moi, je dis : vive le tire-jus d'ancestrale efficacité, le truc de Cholet, le machin en coton, à carreaux de préférence, bleu, violet… la vaste nappe dans laquelle il fait bon s'épancher sans risque, qu'on replie sur le dégât, qu'on empoche, à l'abri, jusqu'au prochain lavage et emploi. Pour les dames, l'élégance dans la forme et la texture, la dentelle, c'était joli, la laine de pashmina, lin, soie (si la soie est appelée volontiers au pet haut de gamme, pourquoi pas à plus forte raison au rejet nasal), au Linvosges, soyons chauvin…

C'est comme cracher… mais le glaviot sera pour une prochaine fois…

En attendant, j'appelle ici à un boycott du mouchoir en papier, à l'adhésion massive au tire-jus, geste écologiste s'il en est en participation évidente au sauvetage de la planète.

Vive le tire-jus !

C'est l'été. À ce qu'il semblerait, un véritable, un de ceux qui nous cuisaient l'enfance et dont on garde à jamais les souvenirs de coups de soleil et de piqûres de guêpes, les odeurs de foin coupé sur les andains cramés et au fond des granges et des greniers quand la poussière vole dans les rais de soleil. Un été du même style. Avec les cris et piaillements des gamins et gamines qui enguirlandent les abords de la piscine, ponctués d'éclaboussures et de « plouf » en rafales. Les chats qui s'étalent et doublent de longueur dans les flaques de soleil.

C'est l'été, l'air tremble, le ciel est d'un bleu de métal vibrant, la vache ! pas un poil de nuage ! La rivière refoule de la gueule des odeurs prêtes pour la vase, dans les glouglous discrets de l'eau.

C'est l'été, le jeudi soir l'animation qui monte du camping semblerait irlandaise, à vue d'oreille, chaque semaine…

C'est l'été, le temps des brimbelles – qui sont bien petites et maigrichonnes cette année, succédant aux fraises sauvages à foison – pour se faire des dents bleues. Il y aura bien une fois ou deux où on nous classera en zone orange, pour faire comme tout le monde, avec un bel orage à la clef. Ce qui est bien avec les orages locaux c'est qu'ils sont locaux. Toi tu vois le ciel s'assombrir et tu entends gronder de partout, il te tombe une averse de deux minutes et demie, alors qu'à quatre kilomètres les grêlons fracassent tout ce qu'ils trouvent. Ou vice et versa. C'est moins drôle quand c'est toi le versa.

C'est l'été. Le Tour de France et quelque part les JO.

Le bois pour l'hiver auquel il faut penser, il serait temps.

Les grosses fèves sont hautes.

On marche nu-pieds sur le carrelage, et sur le balcon, à la tombée de nuit, qui a gardé la chaleur du soleil en allé. On boit des panachés. Des litres d'eau qui pique. On rêve de kéfir frais...

C'est purement fantastique, tout simplement, l'été.

On en oublierait presque tout le reste.

Samedi matin
un homme est parti en voyage

Sans emporter le moindre bagage. Nous laissant sur le quai avec en charge la garde de son souvenir.

S'en est allé pour une destination inconnue, pour un voyage préparé de longue date.

Nous agiterons nos mouchoirs, comme il convient au départ des voyageurs, pour lui dire au revoir. Dans l'attente de son retour et de nouveau le côtoyer, l'entendre, partager son regard, le lire. Nous l'attendrons, il finira bien par rentrer.

Ce voyageur-là qui demeure et que je ne dirai pas à l'imparfait a tous les talents, toutes les richesses de cœur et d'âme – il se pourrait bien qu'en ce qui le concerne l'âme existe, qu'il sache en tout cas jouer grandement la comédie d'en posséder une.

Ce voyageur est, quand il fait escale, comédien de haut vol, réalisateur de films (qu'ils soient fictions ou documentaires, c'est pareil), et pour couronner le tout écrivain. Je l'aime pour cela, pour sa façon d'être et de dire, et pour le fait que nous avons partagé côte à côte jusqu'à présent des instants, pas forcément du temps, davantage que quelques heures effectives. Cet homme en allé nous laisse en guise de bagages en dépôt les livres qu'il a écrits et qui sont des miracles d'écriture, les films qu'il a tournés et qui sont des miracles d'images et d'émotions.

Nous devrions être contents de ces cadeaux et du partage qu'il nous propose.

Nous devrions sourire – c'est son souhait.

Une chose est certaine c'est qu'il ne veut pas de larmes. Allons, pas de larmes sur les quais des départs, mais la mémoire à bras ouverts pour serrer contre nos cœurs en vrac l'ombre de ceux qui partent, la souvenance de leur présence à jamais mêlée à la nôtre.

Où te voilà parti, camarade, je ne sais pas, c'est ton secret, je ne sais pas si c'est de l'eau pour les marins, de la terre pour les marcheurs, des nuages pour les oiseaux, je ne sais pas, tu es seul en chemin pour cette destination. Je ne sais pas si le vent est de la partie, je te le souhaite bon. Il sera bon, le vent qui souffle dans les voiles est ton complice, ton allié de toujours.

C'est étonnant comme un ciel bleu peut être lumineux dans le sillage que laisse sa noirceur brutale.

Comme un samedi matin de juillet peut être jour d'hiver.

Comme le sourire du voyageur peut être souvenir à jamais allumé, compagnon d'errances éternel, jusqu'au bout.

Et pourtant, non, la tristesse n'est pas moins pénible au soleil. C'est bon pour les chansons.

Ne t'en fais pas pour moi, amigo, ça passera. Avec le temps qui n'existe pas. Qui nous reste dans l'attente.

Vaya con Dios, disent certains des hommes parmi lesquels tu as fait tes escales. Vaya… nous t'attendons.

Mais d'où vient donc le Gros Papa ?

Au début il n'était pas si gros, mais déjà jaune et blanc, forcément, il n'était rien qu'un rôdeur parmi une demi-douzaine d'autres. Pas de quoi fouetter un chat. Il se pointait à la saison des amours, avec les autres de son état, et dans son état. Un participant actif aux concerts nocturnes. Ça vous ferait parfois monter des violences à la tête, ces sérénades sous la lune. Il était de la bande – quasiment un des pionniers. Le sagouin. Donc, de loin en loin, il s'amenait, il râminait un bon coup, faisait ses affaires et s'en repartait vaquer à d'autres occupations. Vers d'autres horizons.

Quels horizons ? On n'en a jamais rien su.

On continue à patauger dans l'ignorance. On ne se pose même plus la question. Ne vient plus de nulle part qui est pratiquement toujours là. Il a sacrément bien su goupiller son affaire, l'animal. Il s'est insinué. Incrusté. Au début, pas plus ni moins que les autres. Mais petit à petit… On s'est mis à le voir souventement, il avait tendance à rôder même hors saison. L'était devenu énorme, avec des joues de vrai matou, les marques permanentes de ses bagarres en bandoulière. Sérieusement amoché, des fois, la gueule en vrac. Un castagneur, à l'évidence.

L'année dernière, la chatte de la maison était cette brave fille abandonnée recueillie auprès du vétérinaire, à qui il a fait cinq petits. On en a gardé deux. On l'appelle donc à juste titre le Gros Papa. Il est revenu, après les naissances, voir sa progéniture, et ensuite, la progéniture ayant grandi, il a continué…

Il ne s'enfuyait plus à notre approche. Il acceptait notre présence à sa portée. Au fil du temps il s'est mis à nous saluer d'un miaulement guilleret. Donc voilà. Il a passé l'hiver au sous-sol, il va, il vient, il envisage, on le sent bien, d'investir carrément la niche familiale. Il monte la garde, les autres matous qui se risquent dans les environs se font éjecter sans ménagement, il saurait manier la barre à mine il le ferait sans hésiter.

Par beau temps il est étendu comme une bonne grosse crevure sur le balcon, exposant ses gnons et ses écorchures au soleil. Dormant en toute confiance, du sommeil du juste.

On ne sait toujours pas d'où il est issu. C'est le Gros Papa.

AUTOMNE

Patates au lard

Vous descendez au sous-sol, ou à quelque endroit que ce soit, là où elles sont entreposées, dans le sombre. Vous les choisirez grosses. Comptez-en deux par personne, c'est vous qui voyez, mais ça dépend aussi de vos convives, des appétits autour de la table. (J'en connais personnellement qui selon l'expression mangent comme quinze, disons quatorze pour ne pas vexer. Mais ajoutons que c'est un plaisir. Que ça fait honneur, comme on dit aussi.)

Bien. N'oubliez pas de remonter du sous-sol. Il n'y a aucune raison d'y rester à demeure. C'est pas la guerre.

Pelez-les. Je parle des pommes de terre, pas des convives.

Jetez-les dans l'eau pour qu'elles ne noircissent pas.

Essuyez dès maintenant les éclaboussures un peu partout sur la table à cause de la dernière grosse dondon jetée dans l'eau. C'est pas la peine non plus de travailler dans un foutoir.

Rassemblez vos épluchures dans un vieux journal, gardez-les par-devers vous et vous irez les donner aux poules de votre voisin quand vous aurez un moment. Ça peut attendre demain.

Buvez un coup, parce que, allez savoir pourquoi, il fait sacrément chaud dans cette cuisine. C'est un bel automne. Bon. Retirez les patates de la casserole d'eau – ce n'était pas la peine d'ailleurs elles n'ont pas eu le temps de noircir.

Vous les coupez en quartiers, grosso modo d'un centimètre sur deux. Genre. Même trois, si vous voulez, deux centimètres sur trois, ça va aussi.

Maintenant, dans une GROSSE cocotte en fonte-fonte ou fonte émaillée bleue (c'est une histoire de goût perso, moi j'en ai une bleue et une orange, je préfère la bleue, surtout parce qu'elle est ovale et plus grosse que l'autre) jetez un soupçon d'huile, mais un soupçon, pas un litre, d'olive, c'est juste pour amorcer la danse, et des petits carrés de lard entrelardé. Un bon paquet, les petits carrés. Que ça couvre le fond de la casserole. Vous pouvez utiliser le lard qui moisit dans votre frigo. Je ne plaisante pas. (Je ne suis pas du genre.)

Là-dessus, deux oignons, coupés pareil, en petits quartiers. Vous tourniquez-tournoyez tout ça avec une cuiller en bois. Oui, en bois. Vous ajoutez de la farine. Un demi-bol.

Retourniquage. Mélangez-moi tout ça.

Et au final les patates coupées (j'allais oublier de le signaler, c'est un comble). Pas la peine non plus de saler, mais par contre, si vous avez sous la main du curcuma... Et que je te remélange.

Et puis, versez-moi l'équivalent d'un bol de bouillon de bœuf, dans votre GROSSE cocotte c'est bien le moins. Le fin du fin, c'est d'utiliser du bouillon de la cuisson de votre pot-au-feu (parce que trois jours auparavant vous avez fait du pot-au-feu, oui, sinon vous pouvez en garder, du bouillon de cuisson, provenance des anciens, dans des boîtes et au congélateur, que vous ressortez à l'occasion). Et vous couvrez.

Au feu vif, un chouïa, puis moindre : vingt minutes. Le top, c'est de laisser refroidir puis de réchauffer une demi-heure avant de servir.

Et une salade verte.

Vous m'en direz des nouvelles. À moins bien sûr que vous ne soyez à désespérer.

Bol de pingouins

Il y avait dans ce placard de la cuisine deux bols, deux bons gros bols ventrus, avec dessus une frise de pingouins qui marchaient sur la circonférence, en file pingouine. Deux bols parfaitement identiques, dans lesquels mon épouse et moi-même avions pris l'habitude de petit-déjeuner. Chacun son bol. Donc deux. Et puis voilà qu'un beau jour, mon épouse :

— Dis, au fait, tu as vu le second bol de pingouins ?

Or non. Je n'avais pas vu le second. J'en avais vu un, certes, je l'avais même utilisé. À moins qu'il fût précisément le second ? Mais comment savoir ? Il m'avait juste paru être un de deux. À mon avis le mien.

— Non, dis-je. Ça fait un moment.

C'est de ce genre de conversations et reparties qu'est tissée la quotidienneté. Le sel de la vie. *Tu as vu le second bol de pingouins ? Non, et cela fait d'ailleurs un bout de temps.* Sans doute pas du Claudel (Paul), mais chargé de toute une dramaturgie quand même…

Car un des deux bols de pingouins a disparu. Je ne l'ai personnellement pas cassé et n'en ai pas glissé les morceaux sous le tapis ou dans la poubelle, je le jure. Mon épouse mise en demeure d'avouer a fait le même serment. D'ailleurs nous n'avons pas de tapis, à peine de poubelle. Où est passé ce foutu bol de pingouins ? Aux temps derniers de fin d'année, des amis, la famille, sont passés. Je suis pratiquement sûr qu'aucun d'entre eux n'est reparti avec ce bol dans son sac à main ou sa poche. Je les connais. Ce n'est pas non plus mon fils, qui passait quelques jours ici à ce moment-là. Je le connais aussi. Du reste, ce bol, il ne le pratiquait jamais, il a le sien. Alors ? Si on exclut le vol, l'emprunt, le bris, il reste quoi ? L'égarement. Le fameux moment d'égarement. Vous buvez du thé tout en vous baladant dans la maison et vous le posez quelque part. Possible. Et vous ne vous souvenez plus. Possible.

Nous avons cherché partout… Des heures et des heures. Dans toute la maison, toutes les pièces, même les plus improbables, même les endroits dans lesquels on n’est pas censé se rendre, ou passer, en buvant du thé dans un bol de pingouins. Même à l’extérieur.

Nada.

Un bol de pingouins a carrément disparu.

Fragments

À la réflexion, le monde est bourré d'histoires folles, toutes plus folles les unes que les autres.

Et même sans réflexion. Sans qu'il soit nécessaire de l'utiliser beaucoup, la réflexion.

Il suffit d'écouter, de regarder, et infailliblement on en attrape une par la queue. Le monde est fait d'amoncellements d'histoires, et vous pouvez les tourner dans tous les sens, chercher la faille, il n'y en aura pas une qui ne soit pas vraie. D'une infinie variété. Insondable.

Votre chat est parti un soir et n'est pas revenu, il faisait beau, pourtant, c'était un soir de presque été, doux, rempli de hannetons qui venaient se cogner à l'ampoule de la lampe au-dessus de la porte. Non, il n'est pas revenu. Allez savoir ce qu'il est devenu. De quoi est faite exactement cette histoire qui se cache…

Quatre voitures se sont carambolées à la sortie (ou à l'entrée ?) du village, pour quelles raisons le conducteur de celle qui venait en sens inverse a perdu le contrôle ? Monsieur Dupondt a pété un câble un soir en rentrant du bureau, il a sorti la terrine du réfrigérateur et est allé fracasser le récipient de grès sur le crâne de son épouse qui faisait des mots croisés dans la véranda… elle est tombée en poussant un petit cri désolé, après avoir écrit « B E », seulement, du 6 vertical en six lettres, dont la définition était « mange à tous les râteliers ».

Nous sommes environnés, noyés d'histoires, c'est le tournoyant paysage de notre quotidien. Sans cesse. Et nous au centre de tout ça, à tenter tant bien que mal de ne pas perdre l'équilibre. Embarbouillés par l'étourdissement au centre de ces tournoiements d'histoires qui finissent immanquablement comme finissent les feuilles d'automne, jaunies, flétries, déboussolées, aussi mortes que leur nom l'indique.

À peine taisons-nous celles-là que nous voilà assourdis par les vrombissements de celles-ci, en devenir et déjà prêtes à d'infinis rebondissements dans les innombrables domaines satellites de leur sujet. Toutes les histoires sont d'anticipation, saison après saison. On nous les donne à moudre et à manger des semaines durant, bien au-delà des dates de prescription. Parce que les histoires ne se contentent pas d'être comme elles sont et d'aller et venir leur chemin, ce serait trop beau, elles nous percutent de plein fouet. Sans repos, sans arrêt. On nous les met dans les jambes, dans les roues, on nous les banderille, on nous les empale, il faut faire un effort pour s'en dépêtrer. Leur échapper.

C'est la nuit et un renard en maraude aboie. Pas loin de la maison.

Quelques histoires seulement, quelques petites histoires minables et pas très intéressantes au fond, alors imaginez-vous le tourbillon des milliards d'autres qui tournoient ? Et chacun de moi dans le courant fou.

Il n'y a pas mieux que le monde pour donner le vertige.

La cipaille venue d'ailleurs

C'est le nom, surtout : baeckeoffe. La sonorité ? Comme une sorte d'éructation, une manière de toux… Moi-même, je ne comprends pas tout à fait pour quelle(s) raison(s) je n'aime vraiment pas ce malheureux nom. Ça ne va pas jusqu'à la détestation, mais ça en frôle la réaction frissonnante horripilée. J'arrive à m'en étonner, à presque me faire peur… J'ai beau essayer de me raisonner, de me dire qu'après tout, quoi, allez, il n'est pas plus affreux que « kartoffelkäfer » ou « got verdammi noch e mol », rien à faire. C'est un de ces mystères de la vie sur lesquels nous sautons à cloche-pied, pour la traversée.

Pourtant, et qui plus est, c'est bon sous le nom. Ça peut même être délicieux. Si réussi. Je parle du plat caché derrière son patronyme. Une des raisons qui font que je ne supporte pas ce nom tient peut-être à la réflexion, et indirectement, à un autre plat, en fait, associé à son corps défendant – cela ne fait aucun doute. J'ai nommé LA CIPAILLE.

Qui est, par contre, lui, un nom bien joli. Agréable à l'oreille, comme bondissant. La cipaille (mais aussi le cipaye, je l'ai lu) est un plat québécois. Qui existe en plusieurs déclinaisons. Toutes plus fondantes au palais les unes que les autres. J'ai eu une fois l'avantage et l'honneur de la découvrir et de la déguster en ses terres, puis, par la suite, voilà que m'est tombé entre les mains, via celles d'une amie aux origines issues de ces terres lointaines, un livre de cuisine très ancienne québécoise, tout ce qu'il y a de traditionnel.

De la bonne mangeaille.

Du costaud roboratif, de la cuisine d'hiver et du froid, de la cuisine de pauvre, aussi, qui ne gâche ni ne jette rien, capable de vous donner des chips succulentes à partir d'épluchures de pommes de terre. Et la cipaille. Qu'entre toutes ces recettes j'ai choisi de tester, et m'en redonner à chaque fois plaisir, la préférant – pour des raisons de commodité évidente – à la « fesse d'ours rôtie ».

Il faut des viandes diverses, poulet, canard, cochon, veau, bœuf, gibier si vous avez, du lard salé gras tranché. De la farine, du sel, du poivre, des oignons émincés, du persil et de la sarriette et des clous de girofle moulus et une pincée de cannelle et trois tasses de pomme de terre râpée, du bouillon, de la pâte – brisée ou feuilletée, au choix.

La veille, cuire les viandes diverses que nous désosserons et couperons en dés.

Trancher les oignons.

Couper le lard mincément, mélanger les assaisonnements.

Couvrir le fond d'une cocotte en terre d'une abaisse de pâte épaisse, placer un rang de poulet, un rang d'oignons et saupoudrer d'assaisonnements et de pomme de terre râpée. Couvrir d'une abaisse de pâte plus mince : en trouer le centre. Répéter l'opération avec les autres sortes de viande, jusqu'à épuisement, en séparant chaque couche par un couvercle de pâte troué. Terminer par un rang de tranches de lard.

Couvrir d'une abaisse de pâte épaisse, en trouer le centre. Y verser lentement le bouillon « jusqu'à égalité de la pâte ». Cuire au four à 240° pendant cinq heures – ajouter du bouillon chaud si besoin en cours de cuisson.

Après quoi, dans la belle odeur de cuisson échappée du four pour se répandre, silence et respect. C'est juste du paradis dans l'assiette.

Et quand je dis cette recette à qui veut l'entendre, il ne manque jamais un ou une de l'auditoire, écoutant à la va-vite, pour ajouter son grain de sel personnel et dire : « Ah oui, c'est comme le baeckeoffe, en fait... »

Non.

Nom de Dieu je vous ai dit que non.

Chrysanthèmes, feuilles mortes and Cie...

Ça ne loupait pas, on avait droit, chaque année, la semaine suivante, à l'épreuve de la rédaction sur la Toussaint.

Racontez la Toussaint.

Et alors, consciencieusement, guidés par les suggestions dirigistes du « maître » et ne s'en éloignant pas d'un poil par manque flagrant d'inspiration ou peur de se décrocher une mauvaise note, on y allait vaille que vaille, en avant la musique, sur une page, on tartinait. La visite au cimetière, forcément. Les tombes sarclées de frais, la dépose du chrysanthème d'usage...

Pause.

Pause sur le chrysanthème.

Qui est en fait ce que sont toutes les fleurs, plutôt joli. Ce n'est jamais moche, une fleur, en soi.

Chrysanthème, fleur de Toussaint.

Qui a décidé de la chose ? on ne sait pas. Ce pourrait être des tas d'autres fleurs. On en trouve de toutes sortes à n'importe quel moment de l'année. Je ne sais pas, à la pelle, à la volée : du muguet, des roses, des soucis, des lupins, des tulipes, du mimosa, c'est bien le mimosa, allez, penchons pour le mimosa. Parce que le mimosa, en plus, ça s'écrit facilement. Mi-mo-sa. Alors que chrysanthème…

En décidant que cette fleur par ailleurs sympathique devienne le symbole de cette fête des saints et des morts, a-t-on songé une seule seconde au martyre des écoliers penchés sur ce devoir rituel infligé chaque année par un instituteur plan-plan dénué d'imagination ? (Le même qui pratiquait aussi, en cours de dessin, le : « Dessinez cette pomme, posée sur le bureau »…) A-t-on songé une demi-seconde au calvaire des braves escholiers apprenant dans les transes la littérature ?

Parce qu'il fallait obligatoirement y passer, par la case chrysanthémienne, c'était la marque obligée, ce qui faisait sérieux, la touche de vécu. Au point que le mot terrifiant qu'on se devait de ne pas esquinter était même inscrit au tableau, avec ses « ch », « y »,

« th », toutes ses chausse-trapes repérées et signalées dans le bon ordre, en bonne et due place.

Ça ne manquait pas, pourtant : la plupart tombaient dans le piège.

Un instant d'inattention, et paf ! ça suffisait pour que le « chry » masqué du début se change en logique crisanthème…

Vous me copierez cinquante fois le mot chrysanthème… Quel intérêt je vous le demande ? Parce que dans l'existence, c'est connu, voilà un mot que nous écrivons tous les jours… Ça devient quoi, chez les ignares d'aujourd'hui, en langage SMS ? crizantm ? Combien de personnes à ce jour et d'un certain âge qui détestent les chrysanthèmes à cause de ces punitions vachardes qui suivaient immanquablement les rédactions sans intérêt ? De quoi la vie est faite, c'est dingue…

Voilà un bon sujet de polémique et de débat national, tiens, soumis à tous les ministres des immigrés et de l'identité nationale réunis. Sujet : de la raison d'être du chrysanthème en symbole de la Toussaint. Et pourquoi pas aussi du bon escient de l'inclure, sans faute, dans les nouvelles paroles d'un hymne national revisité, à apprendre par cœur et par chœur, à chanter chaque matin dans les écoles, en lieu et place de la lecture de la lettre du malheureux gamin assassiné pour la patrie. Sur l'air de la « Doulce France » de Trenet qu'on balance au moindre jeton dans le bastringue : Douce Franceuuu, cher pays de mon enfanceuuu, quand je pense aux chrysanthèmeuuu, j'ai des larmes plein les yeuuuu…

Un truc comme ça. Pour occuper l'actu automnale un moment.

HIVER

HIVER

Deux carottes pour l'âne

Il ne me suffit pas de voir pour croire, bien au contraire, et s'il faut croire vraiment à quelque chose c'est que j'aurais tendance à pervertir le dicton jusqu'à le pratiquer dans sa réversibilité. Thomas n'a pas ma cote auprès de Nicolas.

Pourtant, il existait bel et bien : à preuve, je ne l'avais pas rencontré. J'y croyais dur comme fer avant d'un jour le croiser sur un bord d'hiver. L'approche de la fête avait des odeurs gentilles, la nuit avançait sur la pointe de ses grands pieds, on l'entendait crisser de la semelle, dehors, sur la neige gelée – c'était un temps où l'hiver tenait ses promesses et assurait ses dates, sans qu'on l'en fasse drame et catastrophe, comme aujourd'hui. On ne risquait que belle surprise et joie vestuveluée, dans un recoin d'enfance, pour cette nuit de la Saint-Nicolas. J'y croyais comme un fou, sans exubérance déplacée, avec juste une espèce de ténacité tranquille, une évidence qui ne pouvait pas ne pas être.

On me l'avait affirmé. J'étais un enfant sage qui ne doutait pas de ce que lui disaient ses parents.

Évidemment, pas question de vivre ce soir-là en accoutumance plate, sur les habitudes quotidiennes tout-venantes. Il y avait quand même une tension. Dans l'attente du moment. J'étais parfaitement sûr de savoir comment les choses se dérouleraient. Tellement sûr et certain que j'aurais pu sans doute affirmer les avoir vues, les choses, les sachant si fortement réelles et évidentes. Saint Nicolas allait venir, par la nuit froide et profonde, surgissant des couloirs de sombres épaisseurs fragilement entassées sous le froid piqué d'étoiles d'acier. Il apparaîtrait brusquement dans nos périphéries. S'approcherait de la maison, sans hâte, tirant la longe de son âne bâté de lourds sacs aux contenus à distribuer. Son compagnon Père Fouettard bougonnant par-devant, la hotte remplie de verges et de martinets de lanières de cuir en cadeaux salauds aux enfants pas sages… Moi, je ne craignais rien. Je ne m'étais, jamais de la vie, laissé allé à des bêtises telles qui eussent mérité la fessée d'une badine de noisetier.

Nous attendions. Jeux en suspens, toutes affaires cessantes, dans l'impatience unique vers l'instant à venir où nous parviendrait, du dehors, la clochette de l'âne, car l'âne avait une clochette au cou, signalant le passage du saint à la mitre givrée jusqu'aux sourcils. Il y avait dehors une assiette posée sur les marches de pierre de l'escalier, contenant trois carottes pour l'âne et un ou deux sucres, un petit verre de mirabelle ou de pomme, pour le Père Fouettard – car le saint lui ne buvait pas… ou alors il fallait que l'atmosphère nocturne fût particulièrement gélive. Par extraordinaire, j'entendais rarement la clochette. Ma sœur d'une douzaine d'années plus âgée que moi, à l'ouïe donc, forcément, plus aiguisée par la pratique, oui. Qui tout à coup sursautait et levait le doigt, l'œil glissant de côté, qui écoutait, qui disait : « Ah !… tu entends ? » Je n'entendais rien du tout. Elle si. Elle aurait entendu la clochette signalant le passage au milieu du pire brouhaha, comment faisait-elle ?

Je ne trouvais pas davantage étrange de constater, in fine, que l'assiette était vide, carottes et sucres disparus, le verre de gnôle aussi. Ni que, le temps de venir s'en rendre compte, par quelque magique procédé, le saint et son fouettard de complice avaient trouvé le moyen, je ne sais comment, il faut sacrément être saint pour parvenir à cela, de déposer les cadeaux dans ma chambre, sur mon lit soigneusement fait dans cette attente… et dans l'entrouverture de la porte écartée doucement, prudemment, le cœur battant dans la crainte d'arriver trop tôt et de surprendre les colporteurs en pleine besogne, j'apercevais la brillance de quelque papier cadeau, les couleurs vives déposées là qui ne s'y trouvaient pas l'instant d'avant…

J'avalais tout, sans réticence, sans méfiance, avec, au grand contraire, une béante avidité : l'âne, la clochette, les pas crissant sur la neige, et s'il pleuvait le parapluie qu'on ajoutait au-dessus de l'offrande déposée, le fait qu'ils traversent pour le moins quatre murs, ou alors les volets de ma fenêtre de chambre, les vitres, pour déposer quelques oranges et un jouet de rien mais aux belles couleurs sur le plumon de mon lit.

Souvenez-moi ce bonheur-là. Comme un nid rond portatif dans lequel se lover. Et puis un jour je les ai rencontrés. Saint Nicolas et Père Fouettard. Mais pas l'âne. Sur le parvis de l'église, la nuit tombée, sous les hautes lumières blanches des grands éclairages de la place. Resplendissants. Tels que je les attendais, tels que je les avais vus des dizaines de fois avant sans les avoir jamais vus réellement. Là. Barbe blanche peignée pour le saint à la mitre, broussailleuse pour l'acolyte à la hotte, vêtements dorés et rouges pour l'un, crasseux pour l'autre. Je les ai vus de mes yeux vus et cela a suffi pour que je n'y puisse plus croire. Que la neige tombe plus lourde, d'un seul coup, allez savoir pourquoi. Le fait qu'ils quittent la place et qu'ils grimpent dans une fourgonnette prêtée pour les besoins par un marchand de meubles, et dans laquelle, bien évidemment, il n'y avait pas la moindre place pour l'âne…

Grandes gueules

J'écris du fond d'un épisode neigeux. Depuis le temps qu'on nous le promettait. On attendait... Enfin il est là, depuis ce matin, j'avais mis le nez dehors pour rendre visite à mon voisin, et paf ! l'épisode neigeux ! Petits flocons pour commencer, on sentait bien qu'ils allaient devenir grands ! En revenant chez moi les traces laissées à l'aller n'étaient déjà plus visibles... Nous avons devisé, mon voisin et moi, un petit moment, le temps que l'épisode s'installe et nous fasse comprendre qu'il n'était pas une rigolade, sirotant un café, et puis nous nous sommes quittés en nous hurlant mutuellement des souhaits de joyeux Noël. Car c'est Noël ce soir, c'est-à-dire le réveillon, la fête, la veille de Noël, en vérité. Et ensuite les cadeaux déballés, revendus, les crises de foie résorbées, les migraines ravalées, la bûche et les escargots évacués, grosso modo, fin prêts à attaquer le Nouvel An. Mais maintenant, cependant, tandis que je m'éloigne vers la fin de cette phrase, rien n'est encore joué.

Donc, nous criant « Bon Noël ».

Ce qui est bel et bon, dans cette période de froid, c'est la chaleur qui flotte au-dessus des gens, et de leurs souhaits gentils. On passe notre temps à se souhaiter des bons moments. C'est autre chose que le bonjour ordinaire auquel on ne pense même pas, qu'on balance par réflexe – rien à voir avec un salut basique qui n'est que l'expression comme son nom l'indique d'une salutation – qui pense au « bon jour » qu'il souhaite, honnêtement quand il le souhaite ? Mais « Joyeux Noël », « Bon Noël », rien à voir. On le pense vraiment. On veut du bien à notre interlocuteur, notre interlocutrice, récipiendaire du vœu. Quelques jours dans l'année, ce qui n'est pas si mal, non ? Il ne faut pas nous pousser beaucoup pour qu'on soit aimable. Et quand je dis « hurler », c'est que je me suis rendu compte, il y a peu, que nombre de gens d'ici ont la voix naturellement forte. Serait-ce typique de la vallée ? (Encore plus précisément du bout de la vallée ?) J'ai remarqué. Et non seulement les hommes, les mâles à l'organe naturellement, vigoureusement masculin : les dames aussi. Certaines. Pas mal… Le timbre haut porté…

Ça tient à quoi ? Qui le dira ? Cette propension à la grande gueule, au sens sonore du terme ? Une histoire de gènes anciens, de rugosité vocale ancestrale issue du fond des âges ? Pas plus tard qu'avant-hier encore, j'en ai quasi loupé un battement cardiaque au salut d'un ami apparu soudainement, qui a trois pas continuait de mugir à mon endroit.

Entendons-nous (évidemment) : pour peu que l'on résiste, qu'on y soit fait et de constitution vasculaire adaptée au pays, arc-boutée comme il se doit, ce n'est que du bon aloi. Les gens d'ici ne font pas dans la demi-mesure ni le murmure facilement sournois, non non. Ils clament, ils trompettent ! Leur amabilité se braille, et quand ils gueulent, ils gueulent, au vrai sens de « gueuler » quand il faut.

Ça doit venir de l'air. Du climat. Des racines.

Quand ils sourient, c'est à gorge déployée. « Bon Noël et joyeuses fêtes », se meuglent-ils entre eux. Le pensant vigoureusement. Et je suppose que ce souhait lancé en rafales a dû à l'heure présente porter ses fruits. Tout est bien.

Nous avançons pour l'instant dans l'épisode neigeux, qui semble vouloir tenir sa promesse. La nuit pointe son gros nez. On se croirait dans l'illustration d'un album pour les petits enfants qu'on me lisait quand je l'étais, et j'écoutais la voix de ma grand-mère qui récitait les mots et je me penchais sur l'image, entourbillonné dans sa magie... comme aujourd'hui je me penche en dehors.

Je me dis soyons calme. Relax et compagnie, baissons et croisons les bras, tournons-nous les pouces, chantons des chansons de circonstance, minuit chrétiens et petipapanoëlquantudécendraduciel, ce genre de turlupinerie. Qu'est-ce qui me prend ? Il n'y a pas de mouche en hiver alors qui me pique ?

J'ai des envies de paix sur la terre et aux hommes de bonne volonté – dont je suis. Des envies de folklore noëlique, comme il nous prend un peu chaque année à cette heure du monde, et de plus en plus avec l'âge, il faut croire que ça nostalgise sec du côté des neurones...

L'âge. Ha là là.

Pendant longtemps, j'eus au contraire en horreur ces semaines revenues imperturbablement au calendrier. En détestation. Je n'y voyais que la partie hypocrite, la façade, l'arbre (un sapin) de bons sentiments qui cachait la forêt des turpitudes consommatrices et de la goinfrerie suspendue au-dessus de la tête des crève-la-faim, je militais pour la défense des dindes sacrifiées, je défilais avec les huîtres promises à l'holocauste ostréicole, je n'en finissais pas, c'était crevant.

Ça me gonflait.

Et puis voilà que sans pour autant renier ces années-là de révolte guévarienne, je me calme. Je n'irai pas (pas encore) jusqu'à retomber aux tréfonds de l'enfance, mais… m'en refluerait-il des relents, des bouffées infantiles ?

Voilà que je me dis que dans leur démesure les décorations illuminées des rues, villes, villages et maisons ont quelque chose de délicieusement too much, j'ai envie de revoir des films en noir et blanc pleins de neige et d'histoire à deux balles de cette période, je regarde, comme chaque année, *It's a Wonderful Life* de Capra, et j'ai la larme à l'œil, tout est bien, je consulte compulsivement des tonnes de recettes de cuisine pour trouver ce que nous allons bien pouvoir nous taper la cloche, ce soir-là, qui ne passera pas par le sempiternel saumon-dinde-marrons-huîtres, pour un peu je rôderais aux abords de la messe de minuit, qui par chance doit se produire à vingt heures si elle existe encore…

Qu'est-ce qui m'arrive ?

La trêve de Noël ? C'est un comble. Cette escale dans les marasmes et les fatras du monde. Ce temps imposé qui nous intime une sorte d'obligation à la gentillesse. Le temps sans doute de prendre conscience que la chose, rêvons, pourrait être possible… L'envie de ça, de croire en cela. Sans doute. Une bouffée dans ce goût-là.

(Ou alors un machin vaudou ?)

Donc, j'étais dans cet état d'esprit. Dans cette disposition guimauve à l'amour de mon prochain, à l'indulgence tous azimuts… Sauf que, le drame, c'est que pour être et demeurer ainsi disponible et disposé vis-à-vis de son prochain et des gens, il faudrait, dans l'idéal, qu'il n'y ait pas de gens. Ça faciliterait. Il faudrait être recroquevillé dans un angle de quelque chose, sous coma artificiel.

Sinon… vous avez juste l'air d'une nouille, avec vos bonnes intentions de zen à toute épreuve, cœur de cible des cataractes d'agressions en tous genres, dégringolées de partout… mais fidèle à la promesse faite (je veux dire à la promesse que je me suis faite) vous serrez le poing dans votre poche, vous fermez les yeux dans ce semi-coma qui vous emporte vers des rêves lointains de guirlandes enfantines, vous vous déconnectez…

Cher Père Noël, je vous écris du lendemain, c'est-à-dire du jour même, mais donc du lendemain vu que votre descente de cheminée était supposée hier.

Enfin bref, comme ponctue mon beau-frère quand il s'embarque dans des longues histoires, je vous écris, j'en suis conscient, trop tard, mais de toute façon comme on ne peut plus être certain des délais tenus par la Poste, en ces temps dits de fêtes, si ça se trouve vous n'auriez pas reçu ma lettre dans les délais. Ou elle se serait perdue. Sans laisser de trace. Et puis encore, c'est bien possible, vous ne l'auriez pas lue. Ou juste parcourue en diagonale. Un œil jeté dessus vite fait. Comme la plupart du temps, parce que ne me faites pas croire que vous lisez toutes les lettres que vous recevez, quand et si elles vous parviennent. Vous déléguez, avouez-le. Vous sous-traitez. Vous avez des employés. Qui menacent parfois comme tout le monde de faire grève, et qui parfois aussi mettent leur menace à exécution, sans davantage d'imagination dans la revendication que tout autre employé syndiqué ou non de la planète. Mais bref (comme dirait...).

Donc je vous écris du lendemain, à retardement grave. Les relents de réveillon flottent encore dans la maison. Il reste comme un soupçon de fumet de cuisson de poulet au bleu d'Auvergne dans l'atmosphère. Sur les coups de trois heures du mat Maud a dit « Alors on fait des jeux ? » mais personne ne s'est écrié « Ouuuuiiii ! » et du coup elle a ravalé son enthousiasme solitaire. On n'a pas dormi beaucoup, un vent de fou s'est mis à souffler dans la nuit, comme si les plaisanteries d'il y a dix ans allaient remettre ça.

Bref.

On a secoué la nappe et repoussé les allonges de la table, fait la vaisselle qui restait de la veille (la veille, il a un peu fallu qu'on soit sec et vaguement tranchant pour repousser de la cuisine une belle-sœur qui se proposait de mettre ses mains dans le Paic citron après les hors-d'œuvre).

Il reste du poulet.

Les chats sont fatigués. Ils nous regardent aller et venir et on sent bien qu'ils se demandent quand toute cette agitation va finir, quand le rythme va redevenir normal, avec des horaires décents.

À midi ça va être léger, genre velouté de poireau (fondu, le poireau, dans la graisse du poulet tirée des peaux frites), et puis un reste de pâté de thon en amuse-gueule avec une lichette de mayonnaise allégée au blanc d'œuf battu en neige.

Les nouvelles de ce matin de jour de Noël étaient, en boucle, que le pape avait valdingué, déséquilibré par une du même nom et emporté dans l'élan. Avec dans son sillage un col du fémur cardinal brisé pour un de ses acolytes victimes du carambolage. Il va falloir faire la journée avec.

Mais ce n'est pas pour ça que je vous écris, je vous écris, en retard certes, pour vous demander un ou deux trucs qui auraient été sympas, comme de la neige au lieu de cette brouillasse, comme de la paix dans le monde et la tête des hommes de bonne volonté, toutes ces conneries qu'on aimerait pourtant tellement trouver dans nos chaussures au pied du sapin et voir se réaliser, pourquoi pas. Ces clichés et portes ouvertes enfoncées, ce souhait bien naze. Hop.

Seulement voilà, non seulement j'ai oublié de vous écrire, comme si au fond je n'y croyais plus des tonnes, mais en plus je n'ai même pas de vrai sapin, même pas de pompes acceptables à son pied virtuel. Excusez-moi, papy, je me demande… je me demande au fond si c'est bien utile de vous poster cette lettre.

Je me demande, en fait, si vous existez.

J'ai des gros doutes.

Je me demande si c'est utile de se casser le tronc à vous envoyer toutes ces lignes, comme pour (souriez c'est un jeu de mots) une gigantesque partie de pêche. J'ai bien peur que, voirement, comme on disait au temps ancien, ça ne morde plus.

Bref. Comme dit mon beauf…

J'espère quand même que la mayoche sera encore potable.

Flocons

C'est donc l'hiver, il neige, c'est notre tour. Après la Normandie et les fronts d'Ouest, les régions du centre et jusques en Avignon, c'est l'Est qui ramasse. Comme c'est normal, puisqu'hiver en action, et qu'on ne s'attend jamais à bronzer sur la terrasse en ladite saison. Nous voilà Orange. Dès qu'un nuage frétille, l'orange s'installe. Les routes s'emmerdouillent, les camions patinent, il faut pelleter la neige devant les portes et sur les trottoirs. Nous voilà Orange, ça aide. Mais à part ça ? C'est plutôt sympathique, l'hiver. D'aucuns même trouvent la saison plaisante.

Ce soir, cette nuit, des cousins-cousines sont venus manger à la maison, histoire de rien, de manger, de raconter des trucs, de malaxer des souvenirs, de passer un moment. Soupe de légumes tendance potiron/

carotte/poireau/patate. Poulet sauce bleu d'Auvergne. Tarte au fromage.

Ils sont venus en raquettes. Dans la nuit noire et blanche sous la tempête, il ne manquait que les loups. Ce n'est pas sympathique ? Ils ont trouvé que si, moi pareil, et le poulet sauce bleu d'Auvergne aussi. J'ai moi-même des raquettes, et d'ailleurs il faudrait peut-être que je les remette en fonction. Elles sont magnifiques, des véritables, pas des pattes d'ours, pas du plastique, des vraies en gouttes d'eau, bois et babiche, qui viennent du Québec, que je me suis commandées là-bas, fabriquées par un vrai artisan, un certain D. Puchuluteguy, de Saint-Bruno, Québec. Un moment je me suis dit que ce devait être un vrai de vrai, un Montagnais, pour le moins, descendant des premiers habitants, mais je me demande si ce nom n'est pas plutôt basque. Puchuluteguy m'a collé deux attaches de pied gauche… ce qui fait que j'ai tendance à dévier, pendant la marche. Je vais devoir y remédier, rebricoler les lanières, si je ne veux pas verser dans quelque fossé…

À la télévision depuis quelques jours, à quelque moment que ce soit de la journée, toutes chaînes confondues, pratiquement, tous les bulletins d'infos, les journaux, etc., immanquablement vous avez droit au scoop, un scoop peu commun, du jamais-vu, de l'inédit tous azimuts, et c'est : EN CE MOIS DE JANVIER, C'EST L'HIVER !

C'est l'hiver en janvier, il va falloir s'y résoudre, il fait froid et il neige, c'est une catastrophe, les routes « choûillent », les roues patinent, les cols verglacés sont impraticables, ceux du fémur se brisent comme des os, les nez coulent, les chauffages ronflent, les onglées onglisent, c'est l'hiver sur toute la France, les Bretons n'en croient pas leurs chapeaux, les Marseillais leurs sardines, les Auvergnats leurs couscous, les enfants qu'on ne ramasse plus scolairement font des bonshommes de neige et du ski, c'est l'hiver et tout est pour le mieux dans le meilleur des mondes, sauf que… c'est un drame. Paris s'émeut, les zones géographiques ne savent plus où donner de l'orange, on serre les fesses à tours de bras un peu partout, la nation est au bord du gouffre. Que fait la police ? Dieu nous a abandonnés. L'hiver, ça devrait être quelques dates sur un calendrier illustré de chaton à poils roux ou de pin-up à poil tout court, des vacances à la montagne dans une station faite pour, des cartes postales blanches à paillettes, point barre. Dès l'instant où ça se met à dépasser les bornes admises et régner partout, c'est un scandale. L'hiver dans les rues, les plaines, les Brie et Beauce, les ports, les Sainte-Victoire, les réseaux routiers, c'est le foutoir. Que fait le gouvernement ? Qui est responsable météo ?

Cornegidouille !

Sapins de saison

Ils ne s'enflamment pas au grand incendie de couleurs de la forêt d'automne qui va mourir un peu, l'écorce en chair de poule et la feuille plumée, ils restent verts, sombres à l'œil, presque noirs, comme des ombres tranchées dans la blancheur des regards scrutateurs sous les paupières de l'hiver.

Quand les autres sont nus, la glace collée à leur écorce lisse ou ridée qui en fait déjà presque des squelettes, les sapins eux se haussent pareils à eux-mêmes, leurs branches plantées autour du tronc comme des faux pour tailler la tempête, leurs feuilles comme des poils épais pour résister aux froidures. Ils gardent leur pelage, se l'épaississent même, dirait-on, sous les paquets de neige qui leur courbent l'échine et leur baissent les bras.

Et puis vient la saison des carnages.

Attention, ces gens-là s'attaquent aux petits. Ils en font l'élevage, aussi. La culture – c'est le mot. Leur laissent à peine le temps de l'envol, et ils viennent à la hache, à la cisaille, dans les hurlées des tronçonneuses, leur débiter les ailes. Sans leur laisser le temps d'une seule floraison, ni de sentir la résine monter jusqu'entre les écailles des fruits, ces gens-là viennent par un jour de froid, partout la terre est aussi dure que ce qui recouvre les rues de vos villes, alors ils viennent, vous en êtes peut-être, vous qui êtes des leurs, et ils en emportent des centaines, chaque année, chaque hiver, pour les planter dans des pots remplis de sable et pour accrocher des guirlandes électriques et des bougies à leur cadavre, déposer autour du pot des cadeaux brillants de couleurs et attendre que tombent leurs aiguilles mortes, et les jeter enfin à la poubelle.

À quel ami peut-on demander autant ? Demander ? sans rien demander, justement : prendre. Et marquer à jamais ce qu'on n'imposerait pas à son propre épiderme. Ils servent à ça, aussi.

Alors que... Que souvenez-vous donc, n'était-ce pas au printemps ? C'est souvent au printemps, et les sapins sont prêts, ils veillent, tendent l'oreille et les yeux des oiseaux qui dansent dans leurs bras. Comme si de la forêt ils étaient les meilleurs pour ce rôle.

C'est au pied de leur tronc qu'elle et lui sont venus s'allonger, une première fois d'abord et ensuite souvent, et même bien souvent, c'est sur ce lit d'épines blondes qu'elle et lui se découvrent, et se souviendront, à jamais, c'est ainsi, la chatouille des aiguilles douces collées à la sueur de leur peau, là où elle reste blanche. Et sur la peau de l'arbre au couteau il a dit, autour du cœur gravé et de leurs initiales, qu'ils s'aimeront toujours.

En tout cas pour la vie.

À vœux-tu, en voilà

Traditionnellement nous entrons dans ce qu'on appelle la période des vœux.

Il me souvient d'un temps pas si lointain où ces journées de traditions (souventement jumelées à de gaillardes gueules de bois…) se déroulaient un brin décalées par rapport à l'à présent. On s'en allait par la froide journée « souhaiter-la-bonne-année » à l'Oncle Truc et la Tante Machine, toc-toc ! entrez ! bonjour ! Bonne année Tante Machine ! ah oui ! bonne année, oui, entrez-entrez… On mangeait de la brioche, du gâteau, on buvait du café ou un chocolat, plus tard, quand on était plus grand et que rien n'avait changé, même pas la tapisserie de la salle à manger de l'Oncle Truc, un verre de ceci ou cela, de Bartissol, de Martini, un vin cuit dont la bouteille ne se débouchait que dans ces occasions-là, le bouchon d'aluminium collé dévissé avec un petit crissement… Jusqu'à plus tard encore où c'étaient le tour des neveux et nièces de venir vous faire la visite, à vous, transformé sans l'avoir vu venir en Oncle Bidule ou Tante Chose…

On croisait des gens dans la rue, connaissances ou piétons plus ou moins anonymes, on se la souhaitait bonne sur un coin de sourire, partageant une connivence.

On envoyait des cartes de circonstance, avec des paysages et des bonshommes de neige soulignés de brillances dorées, on écrivait quatre mots, ou cinq… « À l'occasion de la nouvelle année, je viens par la présente vous souhaiter… »

Eh bien oui, une bonne année. Vous présenter mes vœux les plus sincères.

On essayait de se dépatouiller des pièges de la forme, de construire quelque chose d'original, éviter la tartine de trop flagrantes répétitions. La sincérité de la chose ne se souciait pas de formulation, c'était le geste qui en faisait office : on avait fait l'effort de choisir une carte et d'y écrire dessus à la plume ou à la bille, voire à la mine, quelque chose qui se voulait personnalisé.

Il existe aujourd'hui des procédés via Internet qui s'occupent de tout et vous balancent l'aphorisme, d'un clic, à toute une chiée, d'un seul coup d'un seul, en une fraction de seconde, arrosant le plus fourni des carnets d'adresses qui se puisse concevoir.

Pour la suite, au chapitre des bonnes résolutions, que nous ne tiendrons évidemment pas… mais c'est là aussi l'intention qui compte, à ce qu'on dit.

La semaine prochaine : Les bonnes résolutions…

… qu'on lance à la volée, avec lesquelles on jongle, qu'on étale sans pudeur, et que pour la plupart on remettra dans notre culotte, faute de les voir tenues plus de deux mois, quelquefois même jamais. Des résolutions, j'en ai donc à la pelle, ainsi que ci-dessous je le prouve. Combien, diantre, tiendrai-je ? Quelles sont les intruses ?

Cette année, je mangerai du boudin au moins une fois par semaine, en saison boudinière.

Ainsi que des abats, plus souvent, du foie et des rognons et de la cervelle, sans oublier les tripes et la salade de gras-double. Et le fromage de tête. (Ma sœur faisait un fromage de tête comme personne, qui tenait la recette de sa mère, également la mienne, d'une qualité jamais retrouvée dans quelque boucherie-charcuterie que ce soit.)

Je me promènerai régulièrement, une bonne marche à pied, pas tous les jours mais presque.

Je perdrai quatre kilos.

Je ne me ferai pas vacciner contre la grippe.

Je construirai un four à pain dans ma cuisine, et j'y cuirai du pain et des pizzas et des quiches et des tartes et des pâtés lorrains, et des patates au lard et des cassoulets et des potées et des choucroutes, et tout ce qui s'ensuit.

Je chausserai du 42, pas une miette de plus.

Je serai un bel été chaud et ensoleillé, après avoir été un printemps léger et un hiver neigeux. L'automne, promis, de rouille et d'indiennes couleurs estivales ricochées.

Je n'aurai plus le rhume.

Ni de migraine.

Je me convertirai à l'islam. À moins qu'au judaïsme. Non, plutôt au catholi… non, je ne sais pas. J'aimerais bien me convertir à quelque chose pour rigoler mais finalement je ne trouve rien à ma convenance. Rien qui me satisfasse. Rien de sensé, de raisonnable, de crédible, et comment dire ? de séduisant. Tout cela beaucoup trop infantile. Je me contenterai donc de l'athéisme qui ne me sied finalement pas si mal, comme si de rien n'était. Et comme c'est le cas depuis longtemps.

Je ne changerai rien à mes habitudes.

Je serai champion du monde de boxe, catégorie poids moyen (j'ai maigri) – un vieux rêve.

J'écrirai un livre définitif.

Garde à vue basse

Vous vous retrouvez mains dans les poches devant la fenêtre, deux chats de part et d'autre sur la tablette, en train de regarder tomber la neige. À gros flocons mous, légers, aériens le temps qu'il faut avant de devenir terrestres et en couche. Une espèce de jardin sauvage s'étend sous vos yeux, qui est à peu près tout sauf un jardin, une étendue broussailleuse sillonnée d'empreintes de chevreuils et d'autres animaux. Les chevreuils ont décidé de passer ces jours ensevelis près de la maison. Un brocard et une chevrette. Il y a un mois, on les voyait sur la pente de la colline, parmi les halliers déplumés, mais ils y étaient cinq. C'étaient les derniers jours juste avant la fermeture de la chasse… Cette zone-là dont je parle est pourtant « protégée », ce n'est pas de la réserve mais quasiment ça.

Alors, ces fameux jours ultimes avant le retour au calme, on a quand même entendu flinguer pas mal dans ces hauteurs, ils sont venus en renfort, toute la bande qui gravite généralement sur ce secteur et des autres du village voisin. Pour pratiquer leur sport. Ils tiraient la langue, sentaient venir le manque pour les mois à venir, ils se sont dit « vingt dieux on va mettre le paquet avant de ranger les flingots » et en avant la musique. Ils ne sont pas tous addicts et fragiles de la pulsion, mais un bon pourcentage quand même (le « vingt dieux » ponctuel dans la conversation est un des traits significatifs de la catégorie de personnage...).

Regarder tomber la neige et passer des chevreuils dans le paysage, est singulièrement apaisant. Demandez aux chats. D'apaisement, nous en avons besoin. C'est peut-être l'âge ? la fatigue générale, l'ambiance. L'environnement tout ce qui frise les nerfs et met à mal le raisonnement. Cette époque qu'on nous serine insécurisée de toutes parts...

Nous vivons un quotidien dangereux. De plus en plus. Qui peut être certain, se levant le matin, que le jour qui vient ne le verra pas au soir en garde à vue, embarqué pour quelque terrifiant méfait accompli sans que même il le sache ? Même toi, écolier, pour une bagarre de récréation, qui en d'autres temps se réglait en trois baffes et coups de pied au cul ;

même toi vieillard cardiaque coupable de propos un peu vif à un agent de la force publique pour le coup mis en danger d'insulte ; même toi, ami, pour avoir rétorqué à une admonestation musclée d'un agent de sécurité SNCF… Même et surtout toi-n'importe-qui, citoyen basique à l'identité nationale en règle, même moi. Garde à vous : les temps sont à la garde à vue tous azimuts, sport national en pleine ascension, sous l'épée damoclésienne duquel nous courbons, comme de bien entendu, comme malignement manigancé, l'échine…

Alors, oui : regarder tomber la neige et viander les chevreuils… des jours durant…

Jusqu'à ce que la police surgisse, sur ordre de la hiérarchie donneuse d'ordres, et qu'elle vous engardavuse menottes aux mains, parce que, vous ne le saviez pas, votre attitude est insultante de quiétude.

Quiétude : qualificatif suspect étrangement dépourvu du préfixe « in » recommandé.

Gros Papa is dead

Certes, en regard de tous les événements qui agitent la planète, on jugera celui-ci de bien peu d'importance et on objectera que cette histoire de rien ne casse guère trois pattes à personne.

Une histoire de chat presque anonyme, un de ces chats qu'on voit rôder ici et là, qu'on remarque depuis la route, assis au beau milieu d'un pré et qu'on devine là depuis des heures et pour le temps qu'il faudra, guettant dans les herbes. Un chat de rien, de peu de peine, un chat sans foi ni loi sans doute, hormis les siennes, et qui a fait sa vie avec. Un comme des centaines, des milliers. Sauf que celui-là a croisé un beau matin votre route.

C'était il y a longtemps déjà. Il arrivait d'on ne sait où, démarche lourde et souple à la fois, le regard méfiant, voire mauvais, quand on le croisait. Il s'arrêtait parfois à portée de coup d'œil, justement, le temps d'un échange. À cette époque on ne savait pas encore d'où il surgissait. C'était un de ces matous en chasse, vagabond occasionnel, samouraï. Balèze, le regard glauque, le poil jaune et blanc, avec des joues mafflues de véritable matou, et ce qui va avec en assortiment sous la queue, impressionnantes joyeusetés qui attestaient sans équivoque de sa virilité féline. À tout moment, voilà qu'il était là. Assis sur un piquet de la clôture, sur le tas de bois, sous les branches de la haie. Il venait, il allait, giclant ici et là sa marque d'urine pour marquer le terrain qu'il s'appropriait sans vergogne. Passant et repartant. D'où et pour quelles autres contrées, allez savoir. Nous, dans la maison, nous avions une chatte recueillie d'ailleurs elle aussi. Ce qui devait arriver arriva, avant que l'encore demoiselle soit opérée dans le cadre d'un programme de natalité prudemment surveillée : l'aventurier rayé de jaune passant par là la contempla dans ses roulades et écouta sa complainte – et fit ce qu'il avait à faire. Elle enfanta. Dès lors, nous appelâmes le géniteur « Gros Papa ».

Il nous rendit visite de plus en plus souvent, il nous apprivoisa. Osant s'approcher de la maison jusqu'à y pénétrer, au sous-sol qui devint une sorte de domaine à lui. Il venait voir sa (une de ses ?) compagne, et par la suite sa progéniture avec laquelle jamais il ne s'affronta. Il se laissa caresser. Accepta qu'on lui chasse les puces et tiques dont il était couvert. Il débarquait parfois dans un état lamentable, vieux bagarreur impénitent, il séchait ses blessures, reprenait des forces au soleil. Repartait. Repartait « chez lui », sa première maison d'hôtes, comme nous finîmes par l'apprendre, à un kilomètre de là. Il partageait son temps entre ses deux points de chute, peut-être en avait-il d'autres. Il y a un peu plus de deux ans la blessure apparut sur le coin de son front.

Depuis trois semaines il ne faisait rien de mieux que manger et dormir, dans cette boîte de sciure qu'il s'était choisie pour couchette à côté de la chaudière. La blessure était vilaine. Grossie, creusée. Cancéreuse.

Gros Papa est enterré avec d'autres dans les terres de sa première maison d'accueil.

Je l'ai revu glisser plusieurs fois en bord de regard dans les sombres recoins du sous-sol.

Ses enfants me regardent écrire ces mots-là.

DES MURMURES À CHANTER

Chanson libre comme il se droit

Penchés à la fenêtre
Nous avons vu passer
Les belles infirmières
Les infirmiers pressés de se rendre au travail
Les médecins aussi, pour nous sauver la vie
Et tous les messieurs-dames des maisons de santé !
Les avons vus passer
Qui couraient dans la rue sous nos yeux confinés
Les dévouées gentilles qui couraient qui couraient
Couraient vers les caisses des grands super-marchés.
Passer les éboueurs
Sur leurs super-balais.
Les nettoyeurs de rues. Les gardiens de la paix.
Les gendarmes à vélos les gendarmes à pieds…
Nous avons vu passer

Dans leurs belles autos rouges une harde de pompiers
Aujourd'hui comme hier
Sans doute moins qu'après
(ainsi que de pompières).
Et des ambulanciers et des ambulancières.
Et des routiers sympas des facteurs des factrices
Des livreurs de pizzas
Des aides-ménagères
Des pigeons des moineaux
Pies supposées voleuses, juste dissimulatrices.
Des coccinelles
à la pelle.
Et nous étions donc là
Atterrés par la guerre abattue sur nos têtes
Nous rétrécissant tous dans nos maisons fermées
Cernés par les virus qui nous pendaient au nez
Qu'on pouvait voir passer par la fenêtre
Juste à peine se montrer.

Le dos à la fenêtre nous nous sommes regardés
Assis le cul par terre dans nos jouets cassés
À ne savoir qu'en faire une fois ramassés
Cornegidouille et bibite en bois !
Si ça devait toujours durer toujours comme ça ?
Debout sur la fenêtre nous nous sommes soulagés :

Il nous fallait bien dire et nous avons hurlé
Un peu chanté à la fenêtre
Remercié les belles infirmières et les personnels de santé.
Il fallait faire quelque chose nous avons fait à manger
Et nous l'avons mangé
Jusqu'à la dernière miette. La dernière des dernières
Non mangée, nous l'avons soigneusement ramassée,
Mise dans la poubelle
Pour ne pas nous faire disputer.
Prisonniers bâillonnés
Fallait-il donc en plus se taire, ne dire un moindre mot ?
Qui ne dit mot consent
Qui ne dit mot qu'on sent
Qui ne dit mot cons sang
Et nous avons crié.
Derrière la fenêtre se sont mises à danser
Les sales bêtes
Que nous avions imaginées
Et qui sont nées
Et qui sont des images échappées des albums
En foules sous notre nez
Avec qui il faut vivre et contre qui résister

Alors
Alors,
Penchés à la fenêtre
Nous avons récité
Sur tous les tons possibles
Toutes les déclinaisons en imagination du grand mot LIBERTÉ.
Et les images ternes
Les images méchantes submergeant nos maisons
Imaginées ailleurs, sur nos toits déversées,
Les images imaginées insinuées se sont racrapotées
Contre les barricades.
Contre les barricades levées dans nos maisons confinées
Contre les barricades LIBERTÉ
LIBERTÉ d'imaginer
Liberté d'IMAGINER
Les entours de demain, d'après demain peut-être
Les entours de demain dans les rues traversées
Par des grands trains dorés.
Le temps qui passe, le temps qui passe-passe court et court pour tout imaginer dans nos chambres closes aux volets fermés
Pour nous enfermer.
Faire de nous des prisonniers libres d'imaginer

D'imaginer être libres derrière nos barreaux protecteurs de confinés.

Les grilles et grillages sans effet

Incapables de nous empêcher d'imaginer.

D'imaginer penchés à la fenêtre,

Libres et déconfinés

De regarder passer les belles infirmières qui nous auront sauvés.

Libres d'imaginer la terre, la lune et les étoiles

Devenues ce qu'elles seront devenues, resplendissantes, madame !

Du verbe resplendir, flottant en haut du mât

D'un grand bateau à voile

(Et les trois mousquetaires

Merci monsieur Prévert

tournant la manivelle d'un petit sous-marin !)

Libres d'imaginer que vous n'êtes pas mort

Encore moins décédé.

D'autres Jacques avec vous que nous pourrons chanter

Penchés à la fenêtre.

Penchés à la fenêtre

Nous verrons défiler les pompiers les marins les belles infirmières les docteurs les policiers les dames de service les vendeuses de gâteaux les joyeux boulangers les marchands de tulipes les garçons de café les serveuses de glaces et de steaks tartares les bouchères et bouchers les petits jardiniers les planteurs de choucroutes de fraises et de navets les chats les chiens et les lapins les lions évadés les dresseurs de baleines les marchands de langoustes les pêcheurs de péchés les repêcheurs de noyés, tous les gens revenus au monde imaginé, nouveaux nés.

Penchés à la fenêtre
Nous avons vu passer
L'imagination d'être
En toute liberté.
D'être responsable de ne pas vouloir attraper
La petite saloperie qui rôde hors les sentes et les routes battues.
Penchés à la fenêtre
Nous avons écouté
Et nous avons chanté
Une chanson rigolote
Qui parlait de l'école
Et de chemin de fer
Et du tour de la terre
Dans un wagon doré.

Puis nous sommes revenus
Rouvrir toutes les portes
Toutes les portes fermées

De tous les rez-de-chaussée.
Et le soleil nous a salués.
Bonsoir monsieur
Bonsoir madame
Bonjour les enfants.

Chanson song

Les gens qui disent qu'ils s'aiment
Sont dans la vie des fleurs éteintes
Qui voudraient bien voir dans leur cœur des pétales s'enflammer
Debout dessus la terre qui colle à leurs souliers
Les gens qui disent qu'ils s'aiment
Ne savent pas à qui se donner
Rêveraient qu'on les prenne par la main par la bouche
Et puis qu'on leur apprenne encore à bien marcher, les gens
Les gens qui disent qu'ils s'aiment
N'ont rien d'autre à chanter
Aucune chanson sans vers
Sans couplets et sans pieds sans rimes ni raisons

Ont oublié hier et demain et après
Et toujours à jamais
Ne savent plus à qui ni à quoi se vouer
Les gens
Les gens qui disent qu'ils s'aiment
Aimeraient pouvoir vivre dans le froid sans trembler
Les gens
Les pauvres gens
Riches de leur pauvreté
Il faut aimer les gens qui disent s'aimer
Faute de mieux à qui le dire pour de vrai

Moi aussi non plus

Petit on rêve on voudrait bien on aimerait sans oser le dire, ne pas grandir. On voudrait bien avoir toujours un père et savoir lui parler et savoir l'entendre et lui dire papa à jamais du matin jusqu'au soir.

Être petit à tout le temps dans la forêt des femmes qui nous attirent et qui nous seront mille délices. À tout le temps contre leur corps et la douceur de leurs regards de leurs yeux qui sauront nous attraper dans leurs sillages, au fond desquels nous plongerons, petits et grands enfin piégés et à l'abri.

Être petit même gros et grand, même lourd ou maigre, moche et puant. Petit tout le temps.

Être petit et on avance, à cloche-pied, à bout de champs, à voix hurlant, murmure criant. Mais sans savoir, qu'évidemment.

Ne pas grandir est interdit Par la vie qui chante, soi-disant

Madame Grise

Madame Grise s'est levée au milieu de la nuit
Madame Pluie
Elle n'a pas le sommeil très lourd, elle ne dort pas beaucoup
Plic et plic et tip et toc et plic et plic
Écoutez-la marcher sur le toit, à petits pas pointus sur ses talons aiguilles
Je l'entends picorer le toit sur ma tête
Au-dessus de ma tête quand je suis recroquevillé dans mon lit
Au-dessus de ma tête quand je me suis racrapoté dans mon lit
Où il fait si bon si douillet comme dans le creux d'un nid
Madame Grise court court à toutes jambes

Qu'elle a mille, des centaines de mille, des milliers de mille

Des jambes en trop grand nombre pour les compter sans se tromper

Madame Pluie Madame Grise court à perdre haleine

Elle court elle court elle court, c'est Madame Grise, de toutes ses centaines de mille et une jambes

Elle court court court au plus vite possible

Elle ne veut pas être en retard

Plic plic plic plic ploc et plic et plic et plic

Elle court à perdre haleine elle a bien de la peine

Elle aimerait qu'on l'aide

Un petit coup de vent pour qu'elle reprenne souffle

Madame Pluie plic et ploc et plic et ploc et plic

Madame Grise court avec le vent à s'en décrocher les cornes et les dents

Tout ce qui de son chapeau dépasse

Et son chapeau s'envole lui aussi dans le vent

Avec les cornes des bœufs avec des poules dedans et dehors les dents

Tipiticlip tipiticlop du bec picore le toit de la maison

Madame Grise n'aime pas être en retard elle court elle cavale

Elle cascade et dégringole au galop

Et la voilà à l'heure, piticlipile à l'heure au rendez-vous

Avec le Point du Jour
Avec le Point du Jour et le Soleil ami
Le Soleil réveillé qui se frotte les yeux
et qui jette un regard par-dessus le gros dos de l'arc-en-ciel ébloui
Bonjour Madame Grise, bonjour Madame la Pluie
Donne-moi ta main, dansons, ensemble promenons-nous
Dans les bois dans les prés dans les montagnes aussi
Et puis dans les forêts qu'elles soient grandes ou petites
Claires-semées ou fournies
Qu'elles fassent de leurs branches un toit serré épais
Ou bien laissent tomber les grands rideaux que ferme Madame Pluie
Dansons dans les grand'rues les petites accourcies au fond des longues villes
Les villages perdus les bourgs rabougris
Dansons la capucine la polka le boggie Monsieur Soleil en flammes au bras de Madame Grise.

Mais ils ont trop couru se sont trop dépêchés
Madame Grise tourbillonne
Le vent trousse ses jupons
ses jupes
ses dessous ses dessus

On a vu sa culotte blanche accrochée au clocher
En plein sonnant midi !
Madame Grise a perdu sa culotte ! au secours mes amis !
Le Soleil confus est reparti chez lui vite vite
Au galop s'est enfui
A plongé dans les nues
Qu'au secours le grand vent a envoyé vers lui
Hi hi hi
Plic et plic et plic et ploc huiiiii crie le grand vent
Dans les branches et les feuilles
Sur les toits et aussi les charpentes
Les toiles d'araignée
Flottant dans les greniers
Dans les rues les ruelles entre les cheminées dressées comme des guetteurs
qui voient venir l'orage et préviennent la peur
Criant aux enfants de se recroqueviller, de se racrapoter, se rétracter se rétrécir et se ratatiner !
Laissez passer le vent ! gueulent les cheminées !
Laissez passer la pluie, Madame Grise qui valse, valse tellement, qu'elle en a le tournis
Qu'elle tombe sur la tête sur le dos le coccyx !
Aïe aïe aïe pauvre Madame Grise pauvre Madame Pluie
Et la tête qui lui tourne et le cul qui lui cuit…

Pourtant elle est pressée n'a pas de temps à perdre
Elle doit rentrer chez elle et se mettre à l'abri
Se protéger du vent disparaître se cacher retourner dans son lit
Ne pas être retard au rendez-vous avec la lune
Au rendez-vous avec la nuit
Pour dormir dans son giron contre sa joue tranquille reposée.
Dormir jusqu'à demain un autre jour encore.
Demain ou bien après-demain ou bien plus tard
Dormir et puis rêver assise dans ses nuages en attente du jour
Qui reviendra un jour quand elle aura envie un jour de revenir.
Bonjour Madame la Pluie ! Bonjour Madame Grise !
Courez ! courez ! laissez le vent tourner ne faites pas de bruit courez !
Dans le silence des brumes des quiétudes des longs brouillards amis ! Courez sans un murmure sans un soupir dans les bruines
Et aussi les crachins les sereins de septembre les brouillasses d'hivers... vite vite vite, plic et plic et plic et ploc et plic...
Rentrez à la maison, rentrez chez vous, Madame Grise.

Dormez bien. Rêvez d'étés, de flaques dans lesquelles il fait bon patauger d'orages en un clin d'œil de lumières qui glissent sous votre traîne d'après l'averse quand passe la soirée…

Courez courez Madame Grise
Madame Pluie courez
Plic et plic et plic. Plic.
Plic.
Plic…

ET À MANGER

L'insoutenable gravité de l'être…

Gravité dans le sens de pesanteur.

Poids. Lourdeur. Lourd, lourd, lourd, l'être.

Pour être lourd, il est lourd, con de sa sœur ! (juron) Car la connerie, vois-tu, fatche ! n'est jamais, jamais légère… Même au repos elle est offensive, elle agresse. Elle n'est jamais, en vérité, au repos. Elle se contente d'être, et le tour est joué, éternellement sur le pied de guérillas, assidûment à l'attaque. Nichant sous tous les horizons, surgissant de tous les recoins. Des braillées les plus spectaculaires aux bavures les plus anodines. Fourmillant, pullulant par milliards d'exemples.

J'invite à la résistance, je pousse à la contre-attaque, j'appelle au secours, j'invoque l'autodéfense.

Partout se terre le monstre harceleur, prêt à mordre, à dévorer, à sucer jusqu'à la moelle toute force vive à sa portée. C'est le propre du harcèlement. Partout niché à l'affût, notamment derrière l'écran de la télévision. Au rayon casse-couilles des plages publicitaires, de préférence. Je sais : la défense est pourtant facile et passe par la fuite. La meilleure défense, a dit je ne sais plus qui, qu'on cite à tour de bras dans son ombre. Éteindre le poste. Allez voir ailleurs. Guetter l'irruption et partir en courant.

Moi je veux bien, n'empêche... Pas de meilleure manière d'être à la merci. En arriver là, cornegidouille !

Vous ne pouvez pas y échapper. Des centaines, des milliers de fois, la charge vous transperce. Toutes les chaînes l'ont mercenairisée, tous les écrans l'ont à la botte. Plusieurs fois par écran, parfois. Vous zappez pour ailleurs, et vlan, le spectre jaillit dans la seconde, vu que les déluges éclatent sensiblement aux mêmes heures. L'horrible chose est partout. La torture. Prescrite parfois par des comédiens (si c'est le bon terme) et des sportifs de vieux renom à la retraite qui se font là sans doute un pécule généreux, bien que généreux ne soit pas le terme adéquat en l'occurrence, des gens soi-disant passés par l'exercice vanté, et guéris de leurs maux, photos photoshopées à l'appui.

Comme J'aime aimer.

Comme j'aimeuh, ça s'appelle. Et ça s'adresse aux gros. Aux surpoids de tout poil. C'est dire. Tout le monde s'imagine trop gros, surtout après ce que cette annonce de pub vous balance en rafales. Et on leur enjoint d'en acquérir la preuve, s'ils n'y pensaient pas tout seuls. Écrivez-nous, si vous avez encore un doute sur l'état de vos bourrelets, on vous fera une étude et on vous donnera la preuve de leur piteuse existence, qu'ils disent. Et tous les gros ou ceux qui s'imaginent l'être de se lancer dans le dépistage opérationnel. Eux qui se subodoraient gros, les voilà affranchis de tout doute : ils le sont. Ils en ont les preuves écrites.

Assénée, matraquée, mitraillée, flagellante, imparable, bégayante tous azimuts, la pub nauséeuse nous engoinfre jusqu'au vertige vomitif. Le pire du drame n'est (presque) même pas dans son contenu mais dans le fait qu'on ne puisse pas y échapper.

Oyez braves gros, ou autres gogos par l'hameçon mordus, voici comment vous retrouverez une taille et un poids acceptables et pourrez de nouveau vous montrer à votre entourage sans honte ni rougir. Pauvres gros, pauvres grosses. Mode d'emploi du miracle ? Des menus étudiés, de la nourriture intelligente.

« Comme J'aime » et sa machinerie brasse des millions, derrière le sourire niais du gros-ancien-GROS-mais-encore-gros-quand-même, se filmant au bout de sa perche à auto-selfie (ou égoportrait). Brasse et dépense et gagne des millions. Juste en soufflant dans l'appeau et attirant dans ses filets des troupeaux de gros cons qui payent allègrement pour se faire dégrossir.

Quoi, l'insulte ? Mais ce n'en est (tristement) pas une.

Gros cons. Gros parce que gros ou convaincus de l'être, ce qui est du pareil au même – cons parce que tombés pieds et poings liés dans le piège à cons, ou, plus charitablement, attrape-nigauds, rançonnés pour un méfait qu'ils n'ont pas commis, payant pour une manière de vivre qu'ils pourraient suivre gratuitement, avec juste un brin de savoir nutritif qui s'acquiert sans problème, assaisonné d'un soupçon de jugeote.

Gratos. Pas bête.

Par la Madone, délivrez-nous de l'insoutenable gravité de l'être… du son et de l'image débordant du petit écran et qui nous mitraillent, nous autres soi-disant gros, les yeux bandés, dos au mur des fusillés.

Le joli temps de Noël

Nous voilà de plain-pied dans le temps de Noël. Comme on dit. Il en fut un autre, de temps, où je n'aimais pas ça. Bof. En ce temps-là je n'aimais pas grand-chose, quasiment rien. Il y a des jours comme ça. Je n'aimais vraiment pas, ça me collait le bourdon. Toute cette débauche. Cette bouffe en stalactites sans nombre au plafond de nos grottes, cette mangeaille en cataractes, ce déluge noyant les foules de ventrailles tendues en réceptacles béants, ah nom de Dieu non, que je n'aimais pas. Ça me faisait gerber mentalement rien qu'à en regarder le débordement dans les vitrines des échoppes et des journaux, pleines pages en rafales…

Tremblez, l'équilibre perdu sur vos guibolles maigrichonnes repliées et ficelées, chapons dodus et autres volailles, petits poulets pour les nécessiteux, dindes replètes, toutes et tous nus déplumés de vos habits, ah ! vous êtes jolis, vous la foutez bien triste ! Tremblez mottes de foies gras de bêtes torturées ! Tremblez les huîtres en crachats orgueilleux mollards de nacre vivante ! Tremblez les escargots caoutchouteux façon pneus rechapés qui, sans le beurre dit de vous-mêmes, feriez bien triste mine ! Tremblez homards et autres caparaçonnés plongés vivants dans la bouillanterie (si, parfaitement, madame pincée, ils ont MAL), tremblez les bûches et la crème pâtissière quand elle n'est pas au beurre elle aussi, les chocolateries emplâtreuses d'estomacs, tremblez, tremblez, dans le couloir de la mort où vous empressez, foule en sursis de ripaille, marchant, coulant, rampant vers l'échafaud en nappe blanche du 24 décembre, cohortes de suppliciés, de sacrifiés, tremblez dans vos culottes pour un instant encore, des heures, avant de vous et de nous chier dessus ! Tremblez… Et les bâfreurs attendent, attendent de pied ferme, au prétexte de fête, langue pendante et le verre à la main, déjà plein. Le verre. Quoique, le verre ou son exécuteur, l'un n'empêche pas l'autre. Donc…

Donc je n'aimais pas. J'exécrais. J'étais jeune, le sang vif.

Aujourd'hui, bah... Le sang plus lourd et fatigué, croyez-vous ? Le sang qui grognonnant coule vers la varice ? Le sang qui bouillonne mollement désormais dans les méandres réduits d'une atrophie cortico-sous-corticale diffuse. Aujourd'hui, disais-je, de Noël en dérive reste le souvenir. Et des souvenirs j'en ai, piégés dans la mémoire qui pour le coup n'a pas encore souffert d'accident vasculaire et qui ne flanche pas totalement. Les Noëls d'antan et les Noëls d'enfant. J'étais un enfant gai, sous un dehors timide et la fragilité d'une poussée trop vivace, j'étais un enfant heureux – il faut s'en souvenir pour le savoir vraiment : sur le coup on patauge, on piétine, on tourne en rond comme un chiot truffe en l'air. Les Noëls les plus beaux sont de cet ordre-là : celui du souvenir. Tout est illuminé, la nuit plus que le jour, il fait froid gaillardement, délicieusement, sous les moufles de laine où les doigts font le gros dos, il y a de la neige bleue, des paillettes qui volent, c'est encore un temps où on se laisse traîner à la messe de minuit, on irait même en dansottant d'un pied sur l'autre on trouve ça rigolo, les enfants sont de taille à trouver la moindre connerie amusante. Dans ce souvenir il y a la présence de papa, le parfum de maman, il y a ma sœur et les frères que je n'ai pas eus, il y a des cousins, il y a des cousines, il y a l'impressionnante hauteur de l'oncle Pierre et son silence entre les rares mots qui vaut tous les vacarmes…

Et maintenant dans les guirlandes de ces souvenirs défaits, j'aimerais presque bien. J'aime bien. Souvenirs en vadrouille qui tournent tournent dans la grand'place de ce silence comme jamais épaissi. Bon Dieu que le silence sur ses arêtes franches peut être silencieux ! Comme il peut s'ouvrir grand pour cueillir les sourires refleuris de la sœur en allée…

Maintenant.

Maintenant oui j'aime bien, le cul sur ce talus que la neige déserte. Bras croisés. Affûtant le mensonge qui me dit sans vergogne que le monde est gentil.

J'ai reçu ce matin un exemplaire du prochain marmouset à naître. Il est beau je l'aime bien. Non seulement son habit, son contenu aussi. Je suis content. Dans quelques semaines il va vivre sa vie. Partir en voyages.

Moi je resterai là, il faut bien qu'un gardien surveille la maison, donne à manger aux chats. J'attendrai qu'il revienne.

Recette

À Jean-Paul Germonville

Qu'est-ce qu'une histoire ?

Une histoire c'est des gens, une histoire c'est des lieux, des lieux dans lesquels vivent des gens. Une histoire c'est des gens qui se frottent ensemble et des fois c'est un frottis, un frottement qui fait du bien. Des fois aussi c'est une irritation qui fait mal. Il convient dans les premiers cas d'encourager aux frottements, de les provoquer autant que faire se peut et selon une certaine manière. En gros. Dans le second cas de les éviter au maxi. Une histoire c'est des personnages.

Il y a des tas et des tas de personnages, dans le monde. Même pas besoin d'aller dans le monde : dans n'importe quel espace, plus ou moins grand, plus ou moins petit. Des tas de gens. Tous uniques tous différents. Jamais deux pareils. C'est l'imbrication de toutes ces pièces différentes qui fabriquent le puzzle de l'histoire. Peu importe comment on le monte, par quel bout on le prend, le puzzle, pourvu qu'au final il soit construit, complet, achevé, l'histoire faite, les pièces à leur place, les gens dans leurs godasses.

Il y a des histoires de toutes les couleurs. De tous les bigarrements. Au final, tous ces mélanges vous donnent du noir. Il faut toutes les couleurs pour composer du noir. Quand vous vous baladez dans l'histoire noire, vous ne la voyez pas telle que, vous voyez les couleurs, pagayant dans tous les sens, c'est joliment chamarré.

Ça s'appelle LES JARDINS DE L'ÉDEN. C'est une histoire noire pleine de couleurs. C'est écrit à la plume, au couteau, à la pioche et la hache, au pinceau. À l'aquarelle et à l'huile, aux pastels secs et gras, à la carte-à-gratter, c'est gravé sur bois. Toutes sortes d'outils. C'est selon. C'est une écriture qui manipule ces outils, pour raconter un certain bout d'histoire de certains personnages en équilibre et déséquilibre, en plongée, en chutes libres et autres chutes pas si libres que ça. Sur le courant des choses il y a Jip en train sans doute de mourir même s'il paraît être vivant encore et qui doit l'être encore un peu pour empêcher Na de mourir, elle. Ici, il y a du soleil, Les Jardins d'Éden c'est le nom d'un camping, avec dépendances, casino, terrains de jeux. Ici, il y a une ville dans la ville, souterraine, cachée, une enclave, avec ses pourrissements qui datent de ses origines qui ont grandi et prospéré, en catimini, dans l'ombre des édiles, des gens de pouvoir, des médecins de la médecine au pouvoir sous le masque du conseil de l'ordre, ici il y a des râles hurlés et des souffrances sous la cendre, des trafics d'organes et de petits enfants, des élevages d'orphelins pour la vente en direct, ici il y a Charapak qui porte un nom d'ailleurs, il y a des sourires derrière les grimaces, et vice versa, ici tout est à l'envers, c'est l'envers de l'enfer.

Ici c'est une histoire jaillie pourrie des antres de sous la terre, peut-être refleurie sous les mots.

FOLLES ET JOYEUSES COMPLAINTES

La vie tristement désopilante de Jeanne d'Arc (sainte)

(sorte de digression récréative)

Jeanne d'Arc comme son nom l'indique naquit il y a fort long time au pays de la mirabelle.

Et des pommes aigrelettes.

Prénommée Mireille elle détesta d'emblée ce prénom si peu lorrain et sans un gros (monnaie de l'époque) d'avenir dans la sainteté. Je ne sache point qu'aucune sainte Mireille eût jamais percé dans ce monde. Sainte Mireille d'Arc ! Ha ha ha. On entend d'ici se gausser les foules. Pourquoi pas sainte Vallon ou sainte Pont ?

Mais que dit Mireille ?

— My name is Jeanne !!!

Et elle a bien raison.

Enfant, la little Jeannette était carrément du genre boulotte, voire boudin. Son père d'ailleurs (M. d'Arc) ne la surnommait-il pas « la Dondon » ?

Tranche de vie :

M. d'Arc : Salut la Dondon !

Mireille d'Arc : Toi-même, vieille patate !

« Faute en est à la nourriture ! On ne sait plus ce qu'on a dans nos écuelles », disait sa maman (Mâme d'Arc). « Ou ben qui sait aussite, c'est p't'ête une histoire de glandes. Avec les filles c'est des choses qu'arrivent aussite, les glandes. »

Mâme d'Arc : Ma Dondon c'qu'elle a c'est sûrement les glandes.

Mireille : Pfff…

Ceci dit, Mireille-Jeanne gardait les moutons…

Jeanne : C'est pas que je m'emmerde, mais pas loin.

Les moutons : Béééé^êêêêêé-éh.

Et aussite, se disait-elle : « C'est pas une mocheté comme moué que des chevaliers (de passage) constupreraient un coup. Ou deux. »

Jeanne : N'rêvons point !

Pffff… c'que j'm'emmerde, c'est pas Dieu possible, vingt dieux… Si j'me r'tenais point, j'entendrais bien des voués, tiens, moué…

Et du coup, fait et dit :

Voilà notre Jeanne qui rentre un jour des champs toute tourneboulée et les jupes par-dessus la jambe, si on peut dire, en braillant : « Pèèèère !V'là qu'j'ai ouï des voués ! »

Et que M. d'Arc (le papa) d'y répondre : « C'est ça, ma gamine, pis moué j'suis Dario Moreno… Vous avez vessé dans vot' froc, ma fille, voilà tout.

(un temps)

Pis d'ailleurs vous shlinguez brut de brut, de d'sous vos cottes, là !

Pouacre ! »

Mais Jeanne de ne pas se démonter, te vous lui rétorque en retour :

— Père ! Faut qu'j'aille vouère le Roué d'France ! Et fissa, enco !

— Le rouet ? (qu'y dit, le père) Il est dans ta cham'. 'vec la quenouille.

Mais notre Jeanne, toujours pas démontée de rétorquer enco aussi sec (c'est une sacrée rétorqueuse) :

— Le Roué d'France, que j'te dis, avec une majuscule, blaireau ! Le Roué ! T'entends sourd ?

— Vingt dieux de rats ! qu'y s'esclame le père. T'es sûre de ça, ma Dondon ?

— Vingt dieux oui, dad, qu'elle dit.

Or donc,

il advint que Jehanne, la fille d'Arc de Domrémy, s'en allât (pas celui des Arabes invariablement grand, l'autre, le subjonctif) gaiement vers sa destinée.

Tiens, remarquons-nous en aparté il apparaît que c'est l'automne. Po-pom po-pom, la voilà partie.

À la cour du roi (en français dans le texte) Seven (en anglois), c'est un peu… comment dire ? pas de l'irritation mais presque. Mais qui c'est celle-citte qui veut nous faire suer notre souverain, qui déjà embaume sous les aisselles bien avant que sonnent vêpres et complies ? Qu'est-ce qu'elle lui veut cette péteuse mastiqueuse de fayots, se dit-on avec terreur à la cour, car la réputation d'ouisseuse de voix de la grosse gamine a pris les devants.

C'est ainsi donc que le Roy qui est resté gamin au fond de ses braies a une idée extra, genre :

— Attendez, mes sires, je vas me déguiser en manant comme un des mortels parmi vous et comme ça je pourrois voir du bord cadre ce que me veut Miss Fayot, vous allez la faire parler et je pourrois juger si ça vaut le colis ou non de la recevoir à Ma Cour.

— Mais nous sommes déjà à la Cour, lui fait remarquer un autre genre de fayot à qui rien n'étoit demandé.

(Et le type se retrouve aussi sec à perpette dans un goulag et on n'en parloit plus.)

Aussi taudis, aussitôt fait, et notre Roué (pour le coup) – Roy – Machin se grime et passe pour un des autres. C'est un malin.

Et voici que nous assistons à un coup de théâtre qui prouverait s'il en était besoin la texture héroïque qui compose l'esprit de Jehanne. Ha ! la fine mouche ! On ne la lui fait pas, à la bonne grosse Barroise ! on ne va pas la rouler dans la farine comme ça, non mais tu crois, que c'est parce que t'es Roy que tu peux te payer une tranche de Jehanne aussi facile ? Mais les Roys, en fait c'est très con, ça se croit tout dû sans permis.

Parce que la Grosse, aussi l'air tarte qu'elle a avec sa moitié de cimier sur le chef pour faire commando, elle est pas dupe et elle reconnoit tout de suite le royal farceur, habituée qu'elle est à repérer les figures cachées dans le décor des images d'Épinal de sa région (un peu plus bas à l'est).

— Hé ! c'est toi, le Roué, ou le Roye, je te reconnois ! qu'elle lui met dans les dents. Et l'autre est du coup très coïon, tout Roy qu'il estoit.

Ce qui nous permet d'assister à un affrontement dramatique entre le concon et la dondon, au terme duquel, pas la peine de rallonger indéfiniment le suspense, c'est la gamine qui l'emportera.

Elle veut en découdre, la belle garce ! Elle veut du sang, du foutre et de l'ambiance vestiaires avant et après les matchs, elle veut de la compète et de la troisième mi-temps ! Se la jouer hérosse en un mot et prouver qu'elle en a dans le slip. Donc elle fait sensation avec sa détermination.

Seven en estoit tout esbaubi.

(*À suivre.*)

Santa Juanita d'Arc, segundo episodio

À nos moutons revenus sommes.

Voilà donc que le Dauphin, non point le poisson mammifère que nous connaissons si bien, mais le roi ou presque de France, lui refile une armée de rustres et durs à cuire en tous genres – à l'huile bouillante souventement dans l'action. Pas bavards mais rompus au casse-gueule, des vrais soudards, comme l'on peut le constater sur certain document d'époque.

Et parmi ces gros, deux notamment, qui vont devenir ses potes : Gilles de Rais, alias GdR, alias Gueule de Raie, and le fidèle La Hire, dit Le Groin. « Salut môme », ce sont par ces mots que les deux gaillards accueillent la pucelle, qu'ils tiennent encore à cet instant pour une quelconque pouffe vaguement allumeuse que le (presque) Roué leur colle dans les pattes pour s'en débarrasser, ou encore selon la stratégie gouvernementeuse de l'« après tout on va bien voir », voire celle du « n'importe comment on sera pas plus dans le bren ».

Et les voilà partis, direction Rouen et la sainteté, que c'est à peine sur la carte, mais Dieu est avec la Jeanine en croupe sur son destrier (probablement fier).

Rouen c'est plein d'Anglois, de ceux-là mêmes que la gamine doit bouter, et donc en avant que je te boute ! c'est la guerre, l'attaque, Jehanne se donne à fond, un p'tit coup de champ' dans le bec et d'huile dans les charnières de l'armure, la bannière entre les dents, hop ! au boulot.

Gigantesque mêlée.

Pas belle à voir dans les recoins, c'est plein de morts et de blessés, d'ébouillantés, de fendus, de plantés, de lardés, et que je te grimpe aux échelles, et que je t'en tombe avec fracas et que ça te coince toutes les mailles de la cotte, et que je t'en prends de toutes sortes et de tous calibres plein la gueule, du vieux chou pourri à la futaille de merde des latrines en passant par le moellon pur jus, le trait, le carreau, la flèche, la caillasse vulgaire, le pissat, l'huile bouillante et l'huile recuite à peine tiède juste bonne à glisser dessus et à te faire casser la gueule sur les barreaux de l'échelle, l'eau bête, le glaviot. Pas une sinécure.

Ce qui devait arriver arrive : Jehanne est blessée. Aïe ! Moman bobo !

Shit alors !

Et tombe par terre, dans la consternation de ses compagnons. Voilà la chef hors course, qu'ils se disent. La grande jappe muette. L'allumeuse éteinte (pour le moment). Dieu, qu'est-ce que tu fous ? t'es où ? tu fais quoi ? qu'ils se demandent. C'est la consternation. Tandis que Jehanne est dans les vapes, pommes et cerises, blette comme pas deux.

Ta-tsan-ta-tsan… suspense…

(*À suivre.*)

Et le Grand Masturbateur daigne détourner les zœils de son occupation favorite et Il pose Son regard sur le drame qui se noue et en deux coups de cuiller à pot Il te le dénoue aussi sec.

— C'est rien, les gars ! que s'écrie Jehanne en se redressant de sous le parpaing de trois tonnes qui l'a blessée légèrement au front (mais par contre sérieusement endommagé l'échelle en lui pelant les barreaux du haut en bas). Ces salauds de rosbif prêts à bouter nous ont niqué une échelle !

Et elle arrache la flèche qui lui a traversé le bedon par le défaut de la cuirasse et filé son collant sur trois mailles d'inox, et du même mouvement s'extrait le carreau qui lui a un peu égratigné la clavicule par un autre défaut de cuirasse, s'écriant dans le rude langage des soldats qu'elle a chopé aussi facile qu'un accent des banlieues :

— Mon bon Jésus ! que soit faite votre volonté et que cet enculé de forgeron de cuirasse en crève la gueule ouverte et que le cul lui pèle tant je le bouterai à coups de lattes si jamais je le retrouve, ce champion du défaut de cuirasses ! Par mon pucelage, je vous le jure, Jésus !

— Ma... soy un hombre sincero ! s'écrie un mercenaire espagnol proche du drame et croyant l'imprécation à lui adressée – mais c'est une autre histoire, un de ces événements parmi tous ceux qui s'entrecroisent dans le fatras des batailles – et Jésus, le mercenaire espagnol déserteur de Comté, s'en va vaquer ailleurs.

Bueno.

Le miracle accompli, Juana acquiert une dimension quasi hollyvoudieuse et son boys band n'en peut plus, Le Groin et Gueule de Raie en tête.

C'est la fiesta, avec un tas d'autres batailles et leurs horreurs, dont nous nous devons de traiter ici la violence avec un maximum de réalisme, car ce n'est pas un spectacle, ni de la rigolade, et tant pis pour les âmes sensibles qui n'ont qu'à aller retrouver Bécassine chez les lopettes. Pas plus qu'il ne nous paraît honnête de reculer devant la difficulté à illustrer de telles horribles choses et à jouer de l'ellipse. On pourra nous accuser certes de complaisance, d'aucuns ne manqueront pas de le faire, le font sans doute d'ores et déjà, mais qu'ils sachent d'ores à présent que nous, tout bellement, nous les merdons.

Au bout du compte, de bataille en bataille – dont la célèbre Little Big Horn – Juanita la désormais universelle prend donc de la bouteille et grimpe dans les charts.

Elle commence aussi à se prendre une tronche (c'est un peu fatal, sans doute, mais elle aurait pu aussi s'en passer – mais bon, c'est comme ça). Jehanne a la grosse cabeza.

Et voilà pour cette fois.

Par la suite, nous verrons comment Jeanne enregistre son premier single et comment elle se prend la gamelle de sa carrière, qu'en cet instant nous croyons connoître tous – mais des clous.

Hasta luego !

Résumé des chapitres précédents d'avant :

Jeanne, pauvre gourdasse, a des problèmes d'audition, de glandes et de libido, des tourments et des obsessions, parmi cesttuy : bouter les Anglois hors de

France (que c'est même pas son paï). Elle va secouer un dauphin dans la Cour des glands et se met au taf et nettoie Rouen de l'occupant et ensuite elle se prend comme de bien entendu la grosse tronche. Merci bien madame.

Voilà donc que Jeanine se la joue. Guerrière et va-t-en-guerre, vibrante de toutes ses fibres, dont elle est moult et nombreusement pourvue, la gaillarde. Et que je te cogne par-ci et que je te cogne par-là, sur ce qui bouge ou même frémit, pour peu que ça parle en anglois. Et bing et bang ! Bon. Avec ses potes Desglingues, La Hire, et Gillou Gueule de Raie ça tranche et ça découpe et ça fend, ça transperce, ça se tape orgasme sur orgasme, ça fait les fols, flamberge au vent.

Du coup, tous ces braves gens qu'on ne paie même pas pour bouter le moins du monde, tous ces coïons se trouvent donc une égérie de se voir si belle en cette armure, et te lui en mettent un coup de plus. Un coup dans l'ego, s'entend.

De partout la pépette entend dire qu'elle est une star.

Ça lui grimpe à l'heaume. Mais de plus (et ce que c'est que le Destin, quand même, vous l'allez voir…) souvenons-nous que la gamine a des problèmes auditifs de comprenotte : si elle n'entend pas sourd, elle plane quand même un peu surtout dans les infras. Et voilà qu'à cause de ça sans doute (ses connexions grippées), au lieu de « star » elle capte « tsar », et patatras, mademoiselle s'emballe et décide errament, eneslore, autrement dit enevois, de s'en aller prendre la place du gros de là-haut, dans les steppes, de devenir tsar à la place d'icelui.

C'est donc plus les Anglois, c'est le caviar, les Ruskofs, les gens d'ailleurs, quasi les extraterrestres.

Et que je t'embrouille et trotte ma poule, en avant plumes au vent, la voilà partie avec son armée de fans sur les routes sibériennes enneigées comme les Vosges en pire avec beaucoup plus de Russes dessus.

C'est pas de la tarte, ça c'est sûr – d'un autre côté on ne va pas la plaindre non plus, et non plus que les pauvres connauds du fan-club qui la suivent allègrement.

(*À suivre.*)

(*Suite.*)

La marche forcée forcément dure des jours et des jours dans des conditions de trek pas franchement repérées auparavant, il faut donc improviser sur place, ravager un peu l'habitant, ce qui n'est pas toujours facile et ne va pas sans quelques castagnes et quelques bonnes vieilles batailles de boules de neige ou un peu pire quand même des fois.

(*Suite de suite.*)

Mais Jeanne ne perd rien pour attendre et n'attend point pour ne pas perdre non plus. Elle a la rage au ventre, la niaque grave, c'est une battante qu'à côté d'elle n'importe quelle pétroleuse de la Belle Époque ferait figure de limace.

Du coup, comme on dit volontiers ce tantôt, voilà que tout ce beau monde arrive donc en vue de la capitale des tsars de toutes les Russies, depuis le pertuis qui domine la ville, celui-là même qu'empruntera plus tard Michel Strogoff.

Mais là, stupéfaction ! Les Moscovites (habitants de Moscov) ont préféré bouter le feu à leur ville bien-aimée dans laquelle ils sont nés depuis plusieurs générations de Moscovites, ils préfèrent ça, les rats, plutôt que de voir leur ville aux mains des vils méchants. Donc ça crame. Du haut de sa pyramide, Jeanne dépitée contemple ces tas de siècles – quarante au moins – qui s'envolent en flammes et dont bientôt il ne reste plus qu'un tas de cendres cendreuses encendrant la neige dramatiquement blanche.

Et qu'est-ce qu'on fait dans ces cas-là ? Pas un seul orthodoxe à l'horizon, rien à piller, rien à constuprer, rien à boire ni à becqueter, le mauvais plan par excellence, en un mot comme en plusieurs, qu'est-ce qu'on fait ? on se casse, on rentre chez soi, c'est pas la bonne soirée, on s'est plantés de boîte et de teuf, la rave et naze (c'est une bête rave pourrait-on dire si on l'osait), plan de merde, donc nous allons essayer de prendre une accourcie et d'être à la maison nuitantré, autrement dit fissa.

Mais des clous.

Déjà que l'aller n'avait pas été du gââââteau, c'était néanmoins l'été, par rapport à l'hiver, et la neige, alors, c'était juste pour l'image et le folklore de la sainte Russie, pour faire un peu chier la sainte d'Arc. Mais là, on ne rigole plus, l'hiver, Sa Majesté l'hiver, le voici le voilà, aglagla. Pisser à découvert relève de la témérité folle, et les dents vous en tombent, scorbut aidant. On se gèle les génitoires comme il n'est point humain, juste masculin, dans ces braies new age rien de moins que venteuses et sous la protection d'une armure qui n'est certes point calorique. Jeanne aussi comme d'aucuns se les eût fort gelées, si elle en avait eu, mais de triquebilles n'était point pourvue, sinon en figuré, ce qui ne l'empêche de se geler à défaut le cul, ainsi qu'en langage troupier rude ces désagréments-là sont dits.

Autrement dit : la retraite. Et de Russie, en plus.

Un autre grand coïon en vécut le rimèque et s'en tira la couverture, obnubilant honteusement la prime expérience de notre Jeanneton Dondon.

Tout ceci ne peut que mal se terminer, subodorez-vous-t-il ? vous subodorez pile.

Car traversant un fleuve immense et russe de surcroît, sibériquement gelé, crac la glace craque sous le poids du malheur, l'armée de la vedette s'engloutit en une heure. Ou presque. Presque toute l'armée, et presque une heure. Sous l'œil navré de la pétulante refroidie qui pétule un peu moins, qui ne pétule même plus du tout. C'est la Bérézina.

Et sous l'œil aussi de l'ennemi, sur une colline proche, se les gelant lui aussi mais bien moins puisque bénéficiant de la prime d'habitude des enfants du pays.

C'est mal barré pour d'Arc. Le début de la fin.

(*Suite et fin.*)

Jehanne, Jehanne, pourquoi nous as-tu abandonnés ?

La neige a fondu ! la neige a fondu ! Et Jehanne Deharc revient de guerre et de Russie, où elle s'est ramassé une avoine grand A, et par moins 40° encore des déceptions à la pelle, c'est pas ce qu'on croit la guerre quand on est pucelle, et en Russie qui plus est.

Notre hérosse rentre au pays, dans l'indifférence générale, sinon colonelle, ce qui lui met quand même la honte sombre. Mais c'est comme ça ma cocotte. Vous ne vous montrez plus dans les médias trois mois, le monde entier vous oublie. C'est la dure loi du show-biz, ma chérie, quand on te disait que c'était pas pour les saintes. Adoncques la voilà qui rentre au bercail en compagnie de ce qui lui reste de son armée, deux ou trois rescapés du scorbut, tourista et chasse-galant, mais pas frais néanmoins et cependant, debout sur leurs tiges, guère mieux. Pas un chat pour les recevoir et leur payer un coup.

Blues de blues, la Jeannette, dans son armure pourrave et rouillée, ses mailles de cottes grippées, ses braies brenneuses durcies, ses chaussettes trouées et pour autant refoulantes, plus un ami, plus de shit, pas une cannette. Pas un singe pour Jeanne. Rien, la considération mes couilles. Alors elle en broie une pelletée sur son rocher, un rocher qu'elle avait acheté un jour chez un broc en province.

Et puis c'est le drame, Jehanne craque, un matin elle se pend avec les lacets de ses chausses qu'elle avait noués ensemble bout à bout dans la première intention de s'en servir pour s'échapper, mais s'échapper de quoi ? elle n'était prisonnière que d'elle-même et de son désespoir, donc cependant – non : se pendant,

Jehanne échappe à son désespoir. C'est hyper-triste. Pour nous détendre (dzoing !), une vignette primesautière.

Et voilà. Cette mort de la d'Arc au retour de Moscov en étonnera plus d'un, nous entendons d'ici les rictus, et ça nous fait bien rire, ha ha ha. Ayant bien ri, nous poursuivrons notre révélation en publiant des documents jusqu'alors « top secret » qu'un fouille-merde de nos amis racheta à un vieux débris ancien agent du SAC qui fut jadis amant du pape et put ainsi accéder à la bibliothèque secrète vaticane où lesdits documents se trouvaient consignés. Ou confinés. Ou les deux. La légende nécessaire à la bonne raison d'être des statues dressées par la suite à la mémoire de l'hérosse dans tout le pays, et qui sera même vénérée par le SGC. Le Pen et ses ouailles, chaque 1er mai, se devaient d'exister. Et on ne va pas légender une déprimée revenant de Russie après une tournée de concerts nuls. Et qui promettait plus que ça, avant. On ne va pas faire une légende d'une pendue, vous déconnez, Gertrude ? C'est comme Jésus. S'il s'était pendu, s'il s'était tranché les veines, s'il avait pris des barbitos, s'il s'était fait dessouder par une raclure de crapaudaille pour se faire piquer son cuir, vous croyez que son histoire aurait marché ?

Donc, on cache la pendue, on la fout au jus, on la jette dans l'Eure – on remet, c'est parfait, la pendue à l'Eure – et on bricole la légende de pied ferme. On se dit que Rouen est une ville qui aurait bien besoin d'un coup de pub, monte tout le bastringue, et le procès, le Gros Cochon, tout le truc qu'on sait, enfin (et en même temps on se dit que ça pourra faire plaisir aux Anglais et les inciter à adopter l'euro, mais mon cul, oui, les English on les connaît pas encore !). Tout ça est dans les docus. On est allés chercher une pucelle vaguement ressemblante, on l'a accusée de sorcellerie, à l'époque c'était le tube, et crac, l'allumette. Un type a pris des clichés, caméra cachée. Du beau boulot.

Voilà, c'est fini.

Faim

Le roi des cabines téléphoniques

À la mémoire de Dylan, of course

Il y a très longtemps, bien avant les téléphones portables, un peuple vivait dans les cabines téléphoniques des grandes villes du monde.

Ce peuple s'appelait les Téléphoriens et il était gouverné par le bon roi Jean-Michel Ier.

Être roi des cabines téléphoniques n'était pas facile car si chaque citoyen possédait sa cabine personnelle, le roi devait loger toute la cour dans la sienne. Certes les dimensions de la cabine royale étaient un peu plus grandes que celles de ses sujets mais tout de même. Imaginez : une reine, une princesse, un garde, un dompteur et son ours, un troubadour, un jongleur et un bouffon, vingt-quatre heures sur vingt-quatre et sept jours sur sept enfermés dans une boîte grosse comme une cabane de jardin ! Vous conviendrez que ce n'était pas supportable.

Chaque dimanche le roi et sa cour, portés par quatre gardes costauds, assistaient au grand tournoi des chevaliers des cabines téléphoniques. Durant toute la journée se succédaient différentes compétitions des plus insolites. Il y avait le lancer de téléphone ou encore la course aux communications.

Mais c'était la course du tour de la ville en cabine-vélo que préférait le bon roi. Malheureusement pour lui toute la cour faisait partie du Club des Supporters. À chaque passage des coureurs, ils étaient si déchaînés que le roi ne pouvait plus rien voir. Quelquefois les quatre gardes n'arrivaient pas à maintenir verticale la cabine tant à l'intérieur tout le monde gesticulait.

Le dimanche soir, en l'honneur des chevaliers vainqueurs, un festin était donné en présence du roi. Les artistes montraient leurs plus beaux tours tandis que le troubadour les accompagnait en récitant, dans les oreilles du bon Jean-Michel, les pages du bottin téléphonique.

Impossible pour le roi de manger tranquillement ! Bousculé de tous côtés, il perdait généralement son morceau de pain dans la fondue et dès qu'il tournait la tête pour éviter une balle de jonglage, l'ours en profitait pour lui dérober les tranches de sa viande préférée.

Alors que la nuit était tombée depuis longtemps et que les ronflements de la cour faisaient trembler toute la cabine royale, le roi agacé par les bruits et l'odeur du fromage froid passait le temps en jouant au téléphone-bilboquet.

C'est au cours d'une partie qu'une nuit Jean-Michel eut une formidable révélation. Dès le lever du jour, il fit appeler le Grand Inventeur et lui souffla à l'oreille l'idée qu'il avait eue. Le vieil homme sourit et s'enferma dans son atelier le reste de la semaine. Le dimanche suivant l'inventeur se présenta avec une nouvelle cabine royale devant le roi et sa cour. Elle n'était pas plus grande que la précédente, mais possédait des roues, un guidon et des dizaines de pédaliers. À l'apparition de la nouvelle cabine, le roi s'exclama :

« Dorénavant mes amis, nous nous déplacerons par nous-même et nous participerons à la grande course du tour de la ville !! »

La cour en resta muette.

Au tournoi, ce fut une grande surprise pour les Téléphoriens de voir arriver leur roi sans porteurs.

Tous les membres du Club des Supporters à l'intérieur de la cabine royale étaient éreintés d'avoir pédalé comme des forcenés pour monter la grande route qui menait aux joutes. Trop occupé à reprendre leur souffle et à se préparer mentalement à la course du tour de la ville, pas un des occupants ne chanta, cria ou gesticula de la journée. Ainsi le roi put assister tranquillement à toutes les épreuves.

Puis l'heure de la grande course sonna.

Sur la ligne de départ Jean-Michel troqua sa couronne pour sa casquette royale.

Fou de joie d'être parmi ses idoles, il s'empressa de demander quelques autographes, ce qui déconcentra un peu les concurrents.

Le coup d'envoi fut donné et les participants s'élancèrent à vive allure dans la ville. Débouchant du labyrinthe de ruelles, le public acclama la cabine royale qui filait sur deux roues devant les tribunes.

Le roi hurlait ses ordres à son équipage en sueur. Du haut de la cabine, le garde vigie signalait les embûches :

« Attention ! Travaux droit devant ! »

Jean-Michel braqua sèchement son guidon vers la droite et la cabine frôla dangereusement un autre concurrent.

Le dompteur responsable du klaxon royal appuya dessus de toutes ses forces. Le « pouet » fut si fort que le concurrent perdit la maîtrise de son engin et s'écrasa contre un mur.

La ligne d'arrivée était proche et, dans un ultime effort, le roi rattrapa le peloton de tête.

Lorsque les sportifs découvrirent les visages rouges et grimaçants des occupants de la cabine royale, ils ne purent s'empêcher d'éclater de rire les obligeant à s'arrêter pour reprendre leur respiration. Le roi en tête passa la ligne d'arrivée sous une pluie d'applaudissements.

Le soir au festin des vainqueurs, les artistes avaient tellement de courbatures qu'ils n'eurent point le cœur à faire des tours. Ni d'ailleurs la force de se jeter sur le repas qu'on leur présenta. L'ambiance fut tout de même joyeuse car le roi était en pleine forme. Il racontait en détail la course de l'après-midi aux chevaliers présents.

Et lorsqu'on apporta la fondue, il décida de donner des gages à tous ceux qui feraient tomber leur morceau de pain dans le gros chaudron. Les invités furent tellement amusés que le jeu dégénéra en bataille générale de fromage fondu.

Cette nuit-là le roi s'endormit le premier.

Ses ronflements faisaient trembler la cabine royale, empêchant les autres occupants de dormir. Sauf l'ours tremblotant de froid, grand perdant de la soirée, qui avait reçu en gage l'obligation de dormir dehors.

Pauvre reine, pauvre princesse, pauvres artistes épuisés, ils ne se doutaient pas que le roi rêvait à un nouveau projet :

Participer à la grande compétition de ski de descente de fin d'année !

HISTOIRES AU VENT GENTIL

Alors écrire

Donc écrire… Ordinairement, au fil des jours et des semaines et des mois et des ans, depuis des jours et des semaines et des mois et des ans, quand j'écrivais des histoires, des trucs, des articles, des critiques, des chroniques, du théâtre, des scénarios je m'adressais cahin-caha à quelqu'un. J'avais beau ne pas savoir à qui. Déjà, et principalement, je m'adressais à l'histoire que j'écrivais, à sa source, ses racines, à l'histoire principalement, primordialement. Mais aussi, de loin en loin, il m'apparaissait que ces mots seraient lus, au moins par une personne, à un moment, donc je m'adressais au moins à cette personne. Mais encore ?

Mais on ne devient pas un écrivain, on ne « fait » pas écrivain, comme on « ferait » plombier.

On l'est, et l'étant on est tenu de ne « faire » mieux, ou pas, ou moins bon… Ce n'est pas si simple – non pas d'écrire, mais d'être écrivain. Nous voilà écrivain parce qu'on a écrit, et il reste à le demeurer.

Parce que « faire écrivain » c'est ça aussi : au bout du compte de fatigue, à un moment, se demander « à quoi bon ? ». Chaque matin incidemment.

Les étés étaient plus longs que maintenant, ils se sont accourcis au fil du temps, je crois bien que c'est ma faute, un peu. J'ai laissé filer la vie comme ça glisse, je n'y ai pas prêté suffisamment attention. Ce n'était pas compliqué, pourtant, mais on ne nous a pas appris. Alors à défaut de guides dans les pas desquels mettre les vôtres, on va à cloche-pied forcément de l'avant, suivant quelque infernale baguenaude dont on a la furieuse certitude qu'elle ne nous mènera à rien de bon. Tout est affaire de décor… Est-ce ainsi que les hommes vivent ? et leurs baisers au loin les suivent…

Et tu as dix-sept ans, aujourd'hui comme hier. Le drame est érigé sur cette ambivalence. Nul dragon ne te plantera sa dague dans le cœur, Lola. Tu ne t'appelles pas Lola, même si tu n'en es pas loin. Elle avait dix-sept ans, des yeux comme l'Amérique qu'on aperçoit trop tôt, des yeux comme un éclat du monde qu'il reste à découvrir. Elle avait dix-sept ans et des yeux qui disaient le fragile et le dur dans un même langage. Je n'osais pas encore, je n'osais pas déjà soutenir de front leurs regards de velours qui riaient aux silences, qui riaient aux éclats, ni ces flèches de pierre qu'ils savaient décocher, alors je grognais, dans une pirouette, la tête détournée, l'esquive au bord des lèvres, les poings au fond des poches, les battements de cœur tambourinant jusqu'au bord d'un ventre qui ne vous appartient plus que par un fil. On se défend vaille que vaille avec les moyens du bord. On se protège comme on peut.

… Elle marche à ton côté… Elle a des yeux qu'elle te donne, qu'elle m'a donnés. M'avait donnés. Tout le bonheur du monde à toi seul confié en partage. Elle avait dix-sept ans.

Les filles de dix-sept ans sont des trésors fragiles d'une dureté d'acier. De granit vêtues de velours, habillées de pêche, le grain léger d'une peau infroissable. Elle avait une taille qu'elle garderait toujours à cette hauteur, qui ne grandirait plus, parfaite sous le bras que tu passerais plus tard sur son épaule, pour la serrer bien à toi, dont tu ceinturerais sa taille creuse et ses hanches, quand tu oserais.

Le jour, l'instant où tu oserais, les quelques secondes d'une victoire indéfectible.

… En d'autres termes plus génériques on l'appelait aussi ce qu'il était donc en train de devenir : *l'écrivain*. On en faisait presque un patronyme : L'Écrivain. Un sobriquet, pour le moins. Un masque de mi-carême derrière lequel avancer caché. Sauf que pour lui, c'était exactement le contraire – ce qu'il avait découvert à son corps exprimant et qui prenait de plus en plus de consistance : sa manière d'exister et de le ressentir le plus vivement, de plus en plus et à défaut du reste, hormis tout ce qui l'entourait au monde et qui n'était pas cela.

C'était un prof de campagne, de montagne, qui écrivait des livres, des histoires de péquenots, qui se targuait de faire de la littérature avec des personnages de terre et de pierre dure. Le faisait.

In *Braves gens du Purgatoire*. Je crois.
Pp

Aux Jardins de l'Éden c'est les autres

Source France Info, communiqué de presse

« Lola c'est une femme speed, un peu impulsive, mais elle n'est pas méchante », témoigne samedi 17 avril sur France Info un ancien compagnon de la mère de la gamine, enlevée chez sa grand-mère dans les Vosges mardi. La petite fille et sa mère sont toujours introuvables. Quatre hommes, dont trois suspectés d'être les ravisseurs, ont été interpellés.

La mère *« n'a jamais été violente avec sa fille », « ce qu'elle veut c'est juste vivre avec sa fille et être tranquille en fait ». « Elle est un peu comme beaucoup de personnes, c'est pas qu'elle n'aime pas les lois mais elle trouve la justice injuste. »*

L'ancien compagnon décrit une femme *« joyeuse tout le temps que j'étais avec elle. Elle travaillait au casino.*

Elle servait au bar, elle faisait la monnaie pour les gens ». D'après lui, la jeune femme de vingt-huit ans a vécu des moments difficiles mais *« elle achetait toujours tout pour sa fille en premier »*. Il a vécu un an et demi avec elle et la gamine, entre 2014 et 2016. Il raconte des vacances en famille puis une séparation *« parce que j'avais des problèmes d'alcool et elle voulait que j'arrête, moi je n'y arrivais pas à ce moment-là »*.

Ça, c'est la vie réelle.

Après l'enlèvement, la mère et la petite fille ont disparu. Les quatre ravisseurs, par contre non. C'est à eux que la maman de la gamine aurait fait appel pour qu'ils se chargent de « l'opération commando » dont a été victime la grand-mère. Ce sont eux que les médias décrivent à grands coups de chaînes d'infos en continu et de journaux comme des personnages antisociaux, adeptes du complotisme le plus basique, et sans antécédents judiciaires, « ces quatre hommes ont été arrêtés à Paris, en Seine-et-Marne, aux Lilas, en Seine-Saint-Denis et en Meurthe-et-Moselle. L'un d'eux s'est décrit devant les enquêteurs comme une « personne dissidente » et « résistante à la barbarie de ce système ». Il s'est dit « fier » de ce qu'il avait fait « à la manière d'Arsène Lupin », selon le procureur. Ces hommes proches de l'ultradroite faisaient l'objet d'une enquête du Parquet national antiterroriste (Pnat). Chez le suspect de vingt-trois ans, « des éléments susceptibles d'entrer dans la composition d'explosifs étaient découverts », a indiqué le procureur. Ce volet de l'enquête est entre les mains du Pnat. Au cours de sa garde à vue, le suspect a affirmé avoir agi « dans le but de sauver la vie de l'enfant » même s'il a admis avoir « peut-être été manipulé ». L'enquête ouverte par le Pnat et visant ces quatre personnes l'avait été pour « association de malfaiteurs terroriste », selon une source judiciaire. De potentielles cibles semblaient avoir été identifiées. « Ils évoquaient pêle-mêle les institutions, l'Élysée, des centres de vaccination, des centres de finances publiques, des bâtiments administratifs… », selon une source proche de l'enquête. Selon une autre source, leur profil « s'apparente à la mouvance survivaliste ».

Survivalistes : citoyens souterrains, hors les lois du pays qu'ils squattent, de par le monde. En marge entre les marges. Résistants aux systèmes entre les vagues desquels ils naviguent. Le monde va s'écrouler un jour, probablement plus tôt qu'on ne le croit, c'est un de leurs credo. D'autres à foison flirtent avec tous les complots – forcément – qui fleurissent à la pelle. Des anti-vaccins aux manipulations des forces de l'argent associées aux bricolages de covids. On fait feu de tout et n'importe quoi.

Dans un roman, une histoire est racontée, qui dit la chasse d'un homme lancé à la recherche de sa fille disparue. Enlevée. Une grande fille. Séquestrée dans un endroit en marge d'une ville prétendue heureuse, une ville dans la ville, un nid à venin dénommé Charapak, peuplé depuis des lustres de marginaux volontaires en accointance par la force des choses avec les autorités et les pouvoirs en place à découvert. Survivalistes organisés en plaque derrière les décors, en coulisses. Autorités et pouvoirs sinon complices en tout cas silencieux. Trafic d'enfants enlevés, fabriques d'orphelins utilisés pour un autre commerce, celui des greffes d'organes. Là encore en complicité plus ou moins découverte avec les autorités (si c'est encore le nom que ça porte) en place.

Ça c'est le roman. Qui met l'accent sur cette existence de structures sociales vivaces marginalisée.

De cette facette, aucun « compte rendu » dans la presse n'en a parlé. Presse régionale, spécialisée ou autre – le personnage central du roman est journaliste d'une presse régionale, précisément, complice par omission des maîtres occultes qui tiennent « en coupe » la région. C'est un roman. Certes, on a parlé dans les colonnes médiatiques de violence et de noirceur et d'enfer. Bien sûr, vu que le nom de la ville est Paradis… au-delà comme en deçà de cette métaphore simplissime, personne n'a décrit cet enfer. Quand ils en ont parlé.

N'en tirer aucune conclusion. N'en dire pas davantage. Juste tombé de haut, quelque peu estomaqué, en apprenant l'enlèvement, et par qui, de cette petite fille. À qui l'on souhaite de tout cœur de s'évader au plus vite de son enfer – si c'en est un. À qui l'on souhaite que ça n'en soit pas un.

Les élagueurs

Il est 7 h 15, le jour (un nouveau venu : vendredi 14 février 2020) ouvre un œil. Je l'accompagne. Avec, il semblerait, plus de peine à garder les miens ouverts. Nous allons voir ce que ça va donner.

Les précédents ont été chaotiques. Et cahoteux.

D'abord, dans la nuit du dimanche à lundi. Tempête, violente. Pluie et vent. Surtout vent. Si tu dormais tu ne dors plus. Impossible. Les coups de boutoir du vent dans les volets, les carreaux, le toit. C'est toujours la nuit que ça se passe, ces choses-là. C'est le pompon de l'angoisse, la nuit. Au matin venu tu te lèves, sur la pointe de l'appréhension, dans le vent qui souffle encore et la pluie qui cingle encore par vagues, et ça ne loupe pas : un épicéa décapité. Eh bien il est là, et la maison épargnée de peu par le vol plané de sa chute ; un autre, massif, déraciné et tombé en travers du chemin d'accès ; et puis un haut pin, que tu avais vu grandir, déraciné, et puis des bouleaux, et pas des petits, dont quatre déracinés couchés sur la ligne électrique et sa voisine la téléphonique. Plus d'électricité, plus de téléphone. Mais la panne vient de plus loin. Commence la valse des appels au secours en direction d'EDF – ENEDIS, désormais… Une valse longue et lente, avec pour partenaires la série des robots désormais ordinaires, au service mercenaire des administrations, la grande famille des « tapez UN, tapez DEUX, tapez TROIS ». Plus trace d'humains, tous azimuts, la planète a été conquise insidieusement, on n'a quasiment pas vu venir nous voilà soumis sans crier gare. À force de taper Un-puis-Deux-puis-Trois, puis de répéter parce que vous vous êtes mélangé les chiffres dans l'émotion de l'urgence, ou que l'autre con de énième robot n'a pas compris, mal compris, pas entendu, à force de pianotage, d'attentes interrompues au bout de vingt minutes d'impatience térébrante, JOIE ! vous tombez sur un être vivant, de chair et d'os, de voix charitable, le dernier humain de la planète, sans doute. Qui vous annonce, comme s'il vous l'apprenait, que la tempête sévit et qu'elle a fait des dégâts de par le monde, principalement votre monde, que votre rue et ses environs sont signalés en sinistre. Mais que votre appel est pris en compte. Qu'on interviendra au plus tôt… qui est « on » ? Le dépannage, s'entend.

Cet épisode, au fil du temps se répétera plusieurs fois. La valse des robots vous conduira au contact final de plusieurs personnes humaines qui vous diront chacune leur tour que les dégâts sont gros et les interventions incessantes mais que votre tour viendra. Vous sentez que ces humains-là ont suivi pour l'occasion des cours de robotique. Les infos fournies, selon les personnes, ne sont jamais les mêmes, voire contradictoires. Balancées avec un même accent d'efficacité. Ça vous rassure. Le soir (qui tombe vite) toujours sans électricité. La nuit pareille. Mais la nuit on dort. Le mardi, enfin, un de vos appels semble aboutir dans l'oreille d'une personne normalement constituée du point de vue de l'humain. Pour résultat : intervention dans la journée d'une équipe de dépannage (l'électricité est rétablie en amont, le phone aussi, du coup). Quelques arbres coupés… mais pas les plus gros dégringolés sur les lignes, qui sont toujours là, présents et bien appuyés sur les câbles qui font une sale gueule, dans une méchante courbe descendante… Les gars de la maintenance, du dépannage électricité, prudents, n'osent pas s'aventurer dans l'opération, risquée, dangereuse. Nous allons, disent-ils, faire appel à des pros : les élagueurs.

Et déboule quelque temps plus tard une équipe de fer !

L'épisode pourrait s'intituler : LES ÉLAGUEURS, si c'était le chapitre d'un roman.

Nous dirons donc :

LES ÉLAGUEURS

Plusieurs véhicules arrivent en trombe et se garent près de la maison (un autre, invisible, doit être resté sur la route d'accès, en contrebas du talus, ce qui fait que nous ne le voyons pas depuis la scène de crime – ce doit être un gros machin, genre tracto-quelque-chose, équipé d'un treuil, et un treuil balèze, comme nous le verrons plus tard – patience !). Dans un de ces véhicules, l'agent sympa d'EDF vu la veille (on ne dit plus EDF, mais moi je persiste, j'aime bien, c'était bien EDF, c'était comme SNCF, avec juste moins de trains...) qui a servi je suppose de guide à l'équipe de ravageurs. Le commando est composé de six ou sept gaillards – sinon dans la corpulence, dans l'allure en tout cas : des énergiques. Casqués, vêtus de l'uniforme des travailleurs actifs de la corporation, aux couleurs jaune citron et orange. Et avec eux, à leur tête, un chef. Le seul à ne pas être peint pour le travail en jaune citron et orange, lui, sobrement vestudrapé de noir. Casqué néanmoins. Un massif. Un large d'épaules. Quand il retire son casque, la boule quasi à Z. L'œil vif, la voix qui porte : un gueulard, une grande gueule. Il vous clame « bonjour » sur le même ton et dans le même registre de décibels qu'il donne ses ordres à son équipe. Bon. Sur les lieux du drame, en quelques coups d'œil, il a tout vu, tout compris. Ses hommes aussi, d'ailleurs, qui vont et viennent et s'agitent en silence, eux, ou presque, porteurs d'échelles, de tronçonneuses, de chaînes et de crochets de câbles, dont la taille à elle seule vous fait plier les genoux rien qu'à les regarder. Parmi eux, il doit y avoir des sous-chefs, ou l'équivalence, dont un au moins, qui en trois mots posés dit au tonitruant ce qu'il convient de faire, et Grande Gueule acquiesce, il est d'accord.

L'équipe vrombit. Grande Gueule en quatre mots et trois jurons vous engueule un peu parce que vous passez sous les lignes dans la trajectoire possible des arbres à abattre. Et c'est parti. Les plus grands déracinés couchés sur les lignes sont redressés au bout de câbles tendus, coupés, abattus. Vlan. En trois coups de cuiller à pot, la bande des élagueurs aux ordres de Grande Gueule qui court dans tous les sens ont dégagé le fatras. Le dernier abattu a embarqué les lignes téléphonique/Internet. « Va falloir prévenir les gars du téléphone », m'enjoint Grande Gueule, souriant. Un autre de l'équipe me précise : « Avec eux, vous z'êtes pas sortis de l'auberge » ! « De toute façon, termine Grande Gueule, un vieux comme vous, vous z'envoyez plus de mails, non ? »

C'est un marrant.

Et juste avant de mettre les bouts : « Et puis, y en a encore deux ou trois qui menacent, là, de tomber sur la 20 000, au prochain coup de vent ! C'est pas chez vous ? C'est la commune ? Vous feriez bien de les prévenir, pasque ce serait pas la même chanson ! La 20 000 ! »

Il clame haut et fort le nom de son entreprise, et les voilà partis. Ronde des véhicules. Vroum. Laissant dégagée « ma » ligne électrique, fonctionnelle, ouf. Et mes lignes téléphoniques, au sol, nazes, coupées… Et une bonne dizaine de bouleaux abattus… Une sorte d'Attilas de l'élagage, genre derrière qui rien ne repousse avant un bout de temps. Des efficaces. Merci, jeunes gens.

C'est étonnant le silence qui tombe, après les râles des tronçonneuses et des moteurs d'engins.

Vous êtes là comme un con, à attendre la prochaine tempête annoncée. Ainsi que l'équipe des réparateurs télécom qui doit venir vous remettre en place la ligne pétée…

Quatre jours plus tard, toujours pas de tempête et toujours pas de réparateurs non plus (qui ont bien enregistré ma demande…). Qui va gagner la course ?

De toute façon je devrais m'en taper, non ? À mon âge, j'envoie plus de mails, il paraît…

Nightmare forever

(Les limaces)

Je crois que c'étaient des limaces, je ne me souvenais plus très bien (mais j'avais pas à me souvenir), c'était une impression, un chatouillis de mémoire. Comme si j'avais déjà vécu non seulement cet instant, cette suite d'instants déroulés dans mon crâne à la fois qu'autour de moi.

C'était tout simplement impossible – avoir vécu, me rappeler cela, je veux dire. Parce que ce dont j'étais convaincu, c'est que si j'avais vécu cette horreur quelque part et à quelque moment, je serais bien incapable de me le rappeler : a-t-on déjà vu un mort capable de se remémorer ? Ne manquerait plus que ça.

J'avançais à pas comptés dans la lourde atmosphère poisseuse du tunnel – ou du couloir. Dans le noir. Dans le sombre gluant. Le plus étrange était, à y réfléchir, que sombre-noir, ténèbres ou pas, je pouvais malgré tout pas exactement y voir mais me repérer. Me diriger.

Je n'avais pas d'autre endroit où aller. Comme si le trajet était d'ores et déjà imprimé. Tracé définitif.

Il y avait des murs de pierre, tantôt gluants si j'y posais la paume, tantôt secs et recouverts de poussière piquante, caressés par des écheveaux de toiles d'araignée collantes. Les lueurs vagues palpitantes vers lesquelles je dirigeais mes pas, avec une assurance qui repoussait la possibilité même de tout obstacle sous mes semelles envasées dans la nuit, m'aspiraient littéralement vers l'avant. Si on peut nommer cette direction prise « l'avant ». L'avant de quoi ? Il était tout simplement impossible que je me dirigeasse vers ailleurs que cet « avant » dans ces ténébreuses strates enveloppantes faites – je finis par en prendre conscience – d'une tout autre forme de consistance que l'air ordinaire habituellement respirable. La peur.

Je marchais, j'avançais dans la peur. Depuis longtemps sans doute. Je m'y étais habitué. C'était devenu ce qu'on appelle une seconde, une autre, nature.

Tout une foule de raisons expliquaient cela, qui grouillaient comme des nœuds de scolopendres sous la pie-mère de mon cerveau, prêtes à l'emploi, à l'explication, mais je ne voulais surtout pas faire appel à leurs bons services – ce qui eût déclenché en cas de réponse à mes interrogations – et il y en aurait eu ! – des grincements éraillés de frayeur bien plus éprouvante que celle relativement silencieuse dans laquelle je baignais et qu'une certaine force imposée des choses faisait que j'en faisais mon lot.

Je savais que la meilleure défense contre le rongement de la garce, l'empoisonnement de mes sangs, passait par une certaine forme d'indifférence, aussi étrange que cela parût en l'occurrence, pour cette circonstance. Accorder trop d'attention aux effets du poison ne pouvait que provoquer d'autres émissions toujours plus importantes des fluides maléfiques, jusqu'à certainement la définitive noyade. La noyade, la toxémie irrévocable, ou les deux... et probablement cent autres possibles manières tordues de trépasser.

Encore que je soupçonnais la possibilité d'une autre fin que le trépas. Une issue qui, horreur, ne serait pas finale, ne serait pas délivrance... un rebond vers... Bon Dieu ! voilà le genre de gymnastique cérébrale abstruse qu'il convenait d'éviter ! Dévier et s'enfuir dès que la menace en pointait le nez.

Je descendais l'escalier. Il y avait un escalier, à présent. Toujours aussi sombre. Aussi méchamment palpitant, boursouflé et étriqué dans son atmosphère.

Des éclairages bavaient une lumière de pisse le long des murs, avec, eût-on dit, des chuintements sournois sur le grain des pierres... Mais non, mais non, bien entendu, ce n'était pas ces bavures d'éclairages qui chuchotaient, ça venait de plus bas, du bout du couloir, du fond de l'escalier... des limaces ? Là-bas, au fond... Des limaces en un tapis grouillant, d'un gris tacheté, des rousses avec ce qui semblait des yeux ronds écarquillé sur le flanc, de la taille d'un rat. Mais pourquoi ? Et pourquoi donc descendre vers cette saloperie comme si je ne pouvais faire autrement ? Comme si j'étais obligé...

Il m'est venu à l'esprit que je n'étais pas seul, dans cette douteuse opacité fluctuante. Une présence m'accompagnait. Me suivait autant qu'elle m'attirait. Une présence... plusieurs ? Me cernaient. Je les ressentais soudain collantes à mes gestes, à mes mouvements, à ma personne et se débrouillant toujours pour s'esquiver derrière moi, hors d'atteinte de mon attention, et comme si une tétanie de dernière seconde m'empêchait à chaque fois de tourner la tête dans leur direction pour les apercevoir... Des sortes d'impressions de silhouettes fugaces paraissaient me frôler, dans une sorte d'haleine, une série de rots nauséeux...

J'entendis des cris, au fond, au bout de l'escalier ou ailleurs, là où j'allais. La femme qui me guidait, surgie dans le clair-obscur, s'est tournée vers moi et m'a souri, elle avait un gros cul, des fesses débordant d'une sorte de short, tremblantes de cellulite grumeleuse, dans le rictus sa denture m'est apparue argentée, arête de poisson de guingois... Il semblait qu'elle me soit promise, en punition sans doute de quelque forfait perpétré dont je ne gardais pas la moindre mémoire. Ses cheveux d'un blond cireux se détachaient de son crâne en mèches grasses à chacun de ses pas gélatineux.

Le souvenir m'est tombé abruptement en pleine conscience, et l'instant suivant, immédiat, ce n'était plus un souvenir, c'était comme si cela s'était trouvé là, fiché, de tout temps.

Voyez-vous, je savais, je connaissais presque tout de ce que j'étais en train de vivre. Le plus éprouvant se nichait dans cette bavure : « presque ».

Voyez-vous, j'avais lu cette fichue histoire dans un mauvais recueil de récits d'épouvante et de terreur (qui se voulaient tels, en tout cas), une histoire signée d'un infâme tâcheron à succès, Jean-Bernard Swerbfarer, qui alignait ses récits avec une régularité de machine et un succès tout aussi régulier auprès d'un troupeau de fans béats de vénération malsaine, dont l'âge mental était resté coincé définitivement dans les strates prépubères.

Pourquoi les lire moi-même, me direz-vous ? Parce que j'arrondissais mes fins de mois dans le magazine qui m'employait au rédactionnel en publiant des articulets dans la rubrique de critiques BD et romans. Je ne m'étais jamais privé d'y écrire, à la hache, ce que je pensais de ces déjections swerbfarériennes – cela expliquant peut-être ceci…

Les fictions de Swerbfarer, épouvantables dans tous les sens du terme, flattaient sans vergogne les instincts primaires d'un public utilisant moyennement son intelligence au minimum syndical requis. Cette histoire lue dans le dernier recueil paru du triste sire en était l'exemple parfait. Elle mettait en scène les ultimes tribulations d'un pauvre type perdu dans la descente aux enfers cauchemardesque de ses derniers instants d'homme vivant conscient. Vivant… Le personnage (que nous appellerons Le Personnage) était entraîné dans les méandres forcément souterrains d'un chemin de ténèbres, vers les terreurs enfouies du gouffre des insoutenables borborygmes de son inconscient. Des êtres improbables, des choses, des caricatures sans nom issus de ses errances internes sans doute, l'accompagnaient dans sa chute, le guidaient, l'entraînaient, sans lui laisser la moindre chance de s'échapper. Les quelques déviations possibles, les écarts menteurs apparemment salutaires un instant, ne faisaient que le ramener inéluctablement sur le tracé de sa précipitation fatale. À devenir fou. S'il ne l'était déjà… À devenir plus fou encore, alors ? À chaque minute, chaque seconde davantage, dans la seule certitude que cette folie, ce dérapage incontrôlable, ne ferait que progresser. La glissade éternelle sans possibilité de freinage…

Et pourquoi ? et comment ? et par quel processus abominable cet état de fait s'était-il mis en place ? Ce malheureux, Personnage, avait lu une histoire qui relatait son aventure, une histoire écrite par un auteur dont le talent empoisonné consistait à faire vivre au lecteur réceptif les abominations de ses écrits aisément digérables par des natures fragiles.

L'imaginaire joue de ces mécanismes, de ces armes, pétri d'interférences biochimiques qui mettent en fonction un individu. L'imaginaire déployé par un auteur, ensemençant celui d'un récepteur-lecteur réceptionnant la graine-virus. On s'y croirait ! dit le lecteur contaminé. Il s'y croit. Le Personnage est de ces récepteurs-lecteurs atteints et infectés par l'imaginaire envenimé, empoisonné, de l'émetteur-auteur. L'histoire maléfique lue parasite son lecteur-récepteur.

Bon Dieu, j'avais lu cette histoire de Swerbfarer intitulée « Cauchemar à jamais ».

Je descendais vers des tréfonds. Pas après pas. Sans plus de hâte que de lenteur. Sachant juste que je ne pouvais pas faire autrement. Sachant les horreurs en cohortes dans mon sillage qui n'attendaient que le coup d'œil que je jetterais dans leur direction pour me confirmer dans un soupçon de vision ricaneuse leur présence. Je descendais. Sachant que je ne m'échapperais jamais. Sachant dans un vertige bilieux la signification de *toujours*. Sachant que mort ou vif ne signifiait plus rien, que la glissade virevoltante ne finirait *jamais*. Sachant que derrière cette porte de fer rouillée et moussue ce n'était pas la sortie, mais un autre éternel recommencement.

*

Le médecin du jour et l'infirmière qui le suivait sont restés un instant avec lui, à regarder sans un mot à travers la vitre le corps allongé sur le lit de la chambre d'Unité de soins intensifs.

— On ne sait pas, on ne sait pas, finit par dire le médecin à voix posée, grave.

Lui, croisa le regard de l'infirmière et elle lui fit une sorte de petit sourire qui voulait dire : On ne sait pas.

Si la mort cérébrale, à quelque degré qu'elle soit prononcée, incluait la perte de toute conscience. Si le coma dépassé se poursuivait à jamais, à jamais… jusqu'à jamais.

— Et surtout comment ce coma est perçu par le patient, dit le médecin des Soins intensifs. Et même si des parcelles, si infimes soient-elles, de la réalité qui l'entoure peuvent lui être perceptibles… on ne sait pas.

Ni à quel point l'aréactivité du coma pouvait être prononcée. Après les dopplers transcrâniens, les artériographies cérébrales, toutes ces gymnastiques, etc.

Lui, il dit :

— Il est tombé sans crier gare, en lisant une BD. Jamais la moindre alerte… Sans crier gare. Sans signe avant-coureur. Jamais malade…

— Je sais, dit le médecin de sa voix grave et apaisante.

L'infirmière eut un autre petit sourire compatissant.

Porte close

Il était rentré chez lui depuis une demi-heure environ, après sa visite matinale aux Brimbelles où il avait constaté bien entendu, comme il s'y attendait, l'absence de Siméon (s'y attendait au point de n'y pratiquement plus accorder attention), quand il les vit, depuis le seuil de sa porte, presque par inadvertance, et sans avoir regardé plus spécialement dans cette direction, sur le pré en dessous, dans ce petit espace étroit entre les arbres que nimbait la lumière pâle de l'entrée secondaire du village – l'entrée principale descendant, plus haut, d'une route départementale en lacet qui traversait le bourg en une sorte de delta buissonnant et filait paraprès, une fois son irrigation goudronneuse du lieu effectuée, vers d'autres contrées, tout aussi mystérieuses et désormais inconnues que celles d'où jaillissait sa source –, il les vit, apparues comme par enchantement.

Pratiquement sûr qu'elles ne se trouvaient pas là dix secondes auparavant.

Deux filles, deux jeunes femmes, toutes de couleurs vives dessinées, tranchées comme des coups de lame dans la poudreuse haleine du matin d'automne. À cette distance il ne pouvait sûrement pas évaluer correctement leur âge, mais jeunes femmes, oui. Elles lui parurent toutes deux plutôt grandes, de tailles identiques, les cheveux noirs pour celle qui allait nu-tête, pour l'autre un chapeau, non, une sorte de casquette agressivement rouge, comme une feuille morte et dansante tombée des frondaisons environnantes qui commençaient de roussir. Toutes deux en jeans, aux cuisses délavées. Celle à la casquette portait ce qui pouvait être, vu à cette distance, un pull de lourde laine de teinte probablement écrue, l'autre une manière de parka couleur brique.

Il plissa les paupières, étroitement étrécies dans le boisseau de rides sur le fil de son regard gris. D'entre ses lèvres monta le souffle d'un marmonnement interrogateur.

Elles se tenaient là-bas dans le pré. Semblaient ne pas bouger vraiment. C'est-à-dire elles étaient là, comme si elles piétinaient sur place, faisaient des pas en rond d'un bord et puis de l'autre, avec de loin en loin un geste des mains, un mouvement des bras, elles devaient se parler, nouer et dénouer les bribes d'une conversation qu'elles tailladaient par-ci, par-là d'encoches de silences. Sans doute. Elles regardaient nonchalamment autour d'elles, mais le plus fréquemment en direction du centre du village, en droite ligne, de la petite église, plus exactement la chapelle trapue, et forcément dans l'alignement de l'auberge-restaurant, les quelques autres maisons sur un bord de la place, tous ces bâtiments vides.

— D'où qu'elles sortent, ces deux-là ? souffla Noël.

S'écartant d'un pas sur le côté de la fenêtre, comme s'il craignait soudain d'être vu. Ajoutant sur ce même ton chuinté :

— Qu'est-ce qu'elles fabriquent, là ?

Elles ne « fabriquaient » rien de remarquable, manifestement.

Il les regarda tourniquer sur place et faire des gestes en discutant. Même la croisée entrebâillée, même tendant l'oreille, il ne pouvait rien percevoir de leurs propos qui ne flottaient pas plus haut que le bavardage surexcité des oiseaux du soir.

Après quelque temps d'observation affûtée, ses yeux s'embuèrent, irrités, comme si de la poussière de sable roulait sous ses paupières. Il cessa son espionnage et regarda ailleurs, à l'extérieur et aussi à travers la pièce vide silencieuse dans laquelle la brumante s'installait plus dense qu'au dehors, becquetée par le seul égrenage des secondes s'égouttant de l'horloge murale. Après un temps, une autre sorte de bruissement glissa dans l'ombre, en provenance de la chambre voisine, dont la porte entrouverte laissait passer un large ruban de jour empourpré.

— Tu les as vues ? murmura Noël à l'adresse du chat gris-bleu apparu, et le chat s'assit à l'orée de la lumière rasante qui lui tranchait la queue par le milieu et Noël reporta son attention sur les visiteuses dans la trouée des arbres et elles étaient toujours là comme si c'était leur positionnement ordinaire, à deviser et ponctuer de gestes divers, courts et virevoltants, leur bavardage, et puis elles bougèrent et changèrent d'attitude enfin et Noël dit au chat derrière lui, à voix basse entre ses lèvres cernées de barbe grise : Ah, les voilà qui se remuent…

« Se remuer » se traduisit par leur disparition. Mais elles n'étaient pas parties. On les voyait encore – on les devinait – se déplacer à quelques mètres sur le pré découvert, à travers les feuilles des buissons et des arbres environnants qui avaient commencé de se raréfier. Après un moment elles se déplacèrent, de quelques pas sur la pente légèrement montante, réapparurent dans la trouée des frondaisons qu'elles traversèrent d'un bon pas, s'éloignant du chemin de la seconde entrée du village, vers l'orée de la langue de bosquets qui bordaient, et cachaient, la route d'accès principal du dessus.

Noël grommela des sons négligemment mâchés. Se frotta les yeux, d'une main puis de l'autre, essuyant ses doigts sur le devant de sa chemise dans l'échancrure du gilet ouvert. Paupières plissées, il exhala :

— Ça fait combien de temps ?

Le chat gris-bleu répondit par une petite esquisse de miaulement à l'interrogation et quitta le rai de lumière venu d'à côté et s'en fut vers la porte close de l'entrée et s'assit de nouveau et attendit dans le tic-tac de l'horloge électrique ourlant les piaillements des oiseaux du dehors.

— Attends un peu, dit Noël.

Depuis combien de temps n'avait-il pas vu l'ombre d'une âme qui vive dans les rues, ruelles, passées et alentours de Haute-Pierre ?

Combien de siècles ? C'était curieux comme le temps pouvait s'étirer, s'allonger et se rétrécir à la fois, souvent dans la même fraction de… temps. Noël ne cessait d'en être ordinairement étonné, à la fois que très paradoxalement adapté, naturellement, au déséquilibre de la perception. Les derniers habitants du lieu – inclus les écarts de quelques kilomètres à la ronde – avaient abandonné la place… et il fallait qu'il réfléchisse au nombre d'années écoulées depuis que la dernière voiture – un camion de déménagement – des fuyards avait pris la montée de la route. Des années, maintenant. Des années que le désert avait clôturé sur l'alentour comme ailleurs ses limites sans limites invisibles, probablement plus écartelées que le ciel lui-même qui, au moins, s'appuyait sur les soubassements ronds hérissés de la montagne.

Après les derniers habitants envolés, pouvait-on dire que Siméon était du nombre ? Manifestement, Noël ne s'était pas fait à cette idée. Un jour, un soir plus exactement, Siméon avait dit : « Bon je m'en vais, demain, tu pourras jeter un œil sur le restau ? » C'est ainsi qu'il avait commencé l'explication. La première phrase. Il n'y en avait pas eu beaucoup d'autres. Le lendemain il était parti. Encore une voiture pour prendre le virage de la route montante dans le matin frisée sous la lumière humide et disparaître après le second virage, plus haut, derrière les arbres. Cela signifiait-il parti définitivement ? Et les années qui s'étaient écoulées dans son sillage derrière ce virage frôlaient juste la paire…

Certes, des promeneurs étaient passés par le creux du val. Certes, durant un temps (quelques mois) de ce temps élastique, des possibles clients s'étaient encore garés un moment dans le parking de la cour devant Les Brimbelles, repartis sans s'attarder après avoir constaté la fermeture des portes et le sombre vide abyssal derrière les carreaux, et puis il n'en était plus venu. De loin en loin, Noël avait encore perçu la sonnerie du téléphone, grelottant à quelques centaines de mètres, dans le silence sous le vent, l'ombre des nuages dégoulinant au galop sur le sol, jusqu'à ce que patience morte la sonnerie s'éteigne de sa belle mort. Pour la grande majorité des gens probablement, anciens clients, voire nouveaux à ne pas venir, le patron des Brimbelles avait mis les bouts définitivement et la clef sous la porte. Cette vraisemblable majorité qui ne se doutait guère qu'il en restait un, que le bourg n'était pas tout à fait désert, compte non tenu des chats errants aux allures feutrées de sauvages qui hantaient les maisons vides ainsi que les travées de jointoiement creux entre elles, qu'il en survivait un de l'espèce humaine encore raciné dans une de ces habitations aux murs de pierre toujours debout et au toit ni creux ni bossu sans une tuile manquante, tous ses carreaux encore aux fenêtres.

Et voilà qu'apparaissaient ces deux-là. Voilà qu'après une dizaine de pas vers le haut de la pente, en limite d'orée du taillis, elles s'arrêtaient et reprenaient leur discussion gestuée tout en posant au sol leurs sacs à dos rebondis qu'elles ouvraient, voilà qu'elles déballaient les accessoires télescopiques et la toile en rouleau et commençaient de monter la tente. Noël les regarda faire, figé dans l'angle de sa fenêtre durant toute l'opération, si bien qu'une fois érigé le petit dôme de toile jaune il s'aperçut qu'il avait contenu absurdement le rythme de sa respiration et se détendit dans un profond soupir et désembrouillarda ses yeux cuisants d'une pression du bas de la main et quand il rouvrit clairement les paupières la tente était bien sûr toujours là, on ne peut plus visible, comme un foyer de braise acide dans la pénombre du soir répandu. Le chat gris-bleu était assis derrière lui à deux pas, majestueusement droit, et attendait la suite des événements.

— Tu as vu ça ? dit Noël.

Mais non, le chat n'avait pas vu, et alors Noël lui raconta l'apparition et l'installation des filles – qu'il appela « les campeuses » – maintenant disparues mangées par le sombre, probablement dans la tente jaune qui commençait de s'éteindre, ou ailleurs. Ensuite Noël tira une chaise jusqu'à son affût et y prit place et le chat ne tarda pas à lui sauter sur les genoux puis à se rouler en boule dans le creux de ses cuisses jointes et Noël le caressa distraitement un moment et à un autre moment c'était la nuit dehors comme dedans et il n'y avait plus rien à voir exactement comme si *plus rien* n'existait nulle part, sauf du vent levé quelque part qui s'en vint caresser le fatras des choses invisibles taillées dans leurs ombres confondues.

Cette sorte de temps bizarre sans forme précise ni vraie reconnaissance du lieu où il s'ébrouait s'enroula autour de Noël avec cette nuit-là déposée, et dans l'alentour de l'abîme il y avait maintenant une espèce d'œil allumé, clignant derrière l'embu de la fenêtre refermée, dans le halo de la tente qui lui servait de paupière baissée. Pour une raison qu'il ne chercha à expliquer – cela ne lui en vint pas à l'idée –, à aucun moment Noël ne fit de lumière dans la maison – mais il lui arrivait souventement dans les mois de longs jours, de ne pas contrarier l'arrangement graduel de la nuitée jusqu'au sommeil venu. Et quand il s'éveilla dans la cavée de son lit, au pointu du jour amorcé, sa première pensée lui fit mettre pied à terre sans attendre, contrairement à l'ordinaire de ses réveils, et il découvrit qu'il avait dormi tout habillé et il ne fit que quatre pas vers la fenêtre de sa chambre d'où, comme depuis celle d'en bas, on pouvait voir l'endroit, et la tente jaune était toujours bel et bien là. L'inquiétude, sourde, lui coula dans le cœur. Encore qu'il n'y eût toujours pas de logique vraie à cela. La raison viendrait au creux de la matinée, avec les premiers rayons du soleil d'automne frisant les cimes des sommets qui traçaient l'horizon bossu de l'est.

On est arrivées en fin de journée. Trois kilomètres environ de marche. Béa boitait, elle avait ramassé une ampoule au talon à cause de ses chaussures trop neuves. Trop petites aussi, probable, achetées parce que c'était les soldes et qu'elle faisait une affaire, la preuve, une affaire, tu parles ! Mais bref. On avait laissé la voiture au col, sur le parking de l'hôtel. Pris une chambre là. Je ne voulais pas débarquer comme ça, sans savoir, à l'aveugle et Béa était d'accord là-dessus, on en avait discuté.

Heureusement qu'elle était là, Béa. Tu la connais. Et tu me connais. C'était son idée. Je veux dire : c'était mon idée aussi, bien sûr, mais c'est elle qui m'avait poussée. Sans elle je sais pas si je l'aurais fait. Je sais pas. Elle m'avait poussée mais sans elle je sais pas si j'aurais continué. Je ne peux pas dire. Elle était là, encore, pour m'encourager, en somme, à aller jusqu'au bout. Je savais pas, alors, ce que signifiait « jusqu'au bout », je savais pas s'il y aurait un bout, quel qu'il soit. J'étais incapable d'imaginer.

Je te l'ai dit, Yann, Béa et moi, on se connaissait depuis les Barbier, la dernière famille d'acc partagée.

La tribu Barbier. Elle en avait fait trois, moi cinq, si mes souvenirs sont bons. J'ai toujours coché cinq dans les papiers. Elle disait qu'on était des vieilles de la vieille, sur ce coup-là. C'est pas faux.

Un drôle de petit bled, c'est sûr. Je ne m'attendais pas à ça. Est-ce que je m'attendais à quelque chose ? Probablement à rien, non, en tout cas pas ça. À partir du moment où on l'avait aperçu, au creux du repli, entre les arbres, on pouvait se faire une idée du trou. On apercevait le toit des maisons, quelques maisons, le clocher de la petite église, tout ça comme si ça émergeait d'un emballage de vapeur et de feuilles jaunissantes. C'était pas moche. C'était même plutôt joli, agréable, dans la lumière genre dorée au-dessus des traînées de brume pâle qui suivaient une partie cachée de la rivière. Il y avait une rivière. Un ruisseau. Béa m'a dit que c'était de la brume, sur le coup je croyais que c'était de la fumée.

On est donc arrivées par-là, par le dessus, en suivant la route étroite qui tombait vers le bled. Et puis on l'a quittée au premier chemin, comme un embranchement, qui s'en détachait pour plonger à travers les prés et les bandes d'arbres, qu'on va appeler « bosquets ». Cap sur le clocher. Je savais que le restau se situait face à l'église. J'avais bien étudié le plan. Google Earth, agrandi maxi.

Depuis cet endroit en lisière du… bosquet, où on s'est arrêtées, on a maté à travers les feuilles tout ce qui pouvait se voir. À la jumelle. Putain, comment c'était vide ! Désert à mort. Une sacrée zone. Un silence de petit matin d'hiver, comme je me les rappelle dans l'élevage des Barbier. Avec des oiseaux pourtant mais c'est ce qui rendait tout ça encore plus muet. Pas un cri d'humain, pas une pétarade de mob, un roulement de bagnole. J'ai dit « Houlà » et Béa a tordu les lèvres en prenant les jumelles et elle a dit : « Tu t'attendais à un comité de réception ? », quelque chose comme ça. Bien sûr que non. Mais quand même…

Alors on a posé les sacs parce qu'on a bien compris sans se dire un mot, sans même un regard, qu'on n'allait pas repartir comme on était venues tout de suite, et que sans doute ce pour quoi j'étais là ne se produirait pas dans les minutes suivantes. Voire les heures. À coup sûr. On s'est bougées de quelques pas, ce qu'il fallait pour distinguer nettement le restaurant. L'hôtel-restaurant. L'auberge. Les Brimbelles, que ça s'appelle. Ce qui veut dire « les myrtilles », dans le langage indigène, je suppose que c'est du patois. Ça semblait être une chouette maison, genre pierres et bois, propre, rien d'une vieille baraque. On avait vue sur une porte genre cochère en plein centre de la façade visible, certainement la porte d'entrée, et des baies vitrées à petits carreaux de chaque côté. On s'est assises sur les cailloux qui faisaient comme une sorte de muret en haut du pré et on a épié. Il n'a pas fallu longtemps pour que ça devienne étrange, je veux dire la situation, presque inquiétant, le fait qu'on soit là toutes deux, surtout moi, à espionner ce bled perdu, avec le silence mortel dessus qui pesait de plus en plus, on aurait dit. Ce silence mortel sur ce village ramassé comme une bête blottie – désert. Parce qu'à l'évidence il était désert. Vide.

Abandonné.

Après en avoir effleuré l'éventualité, j'en ai eu la certitude. C'était pas dans mes notes. Là non plus, je n'ai pas eu besoin de formuler ma crainte. Béa a dit : « Y a pas un chat, ma belle, dans ton bled. Tu es sûre que c'est le bon ? » Ça ne demandait pas de réponse. Mais il s'en est trouvé une au moment même où j'ouvrais la bouche pour éviter d'en émettre une précise. Il y a eu un éclair de soleil sur la vitre de la porte quand elle s'est ouverte, un autre éclat quand elle s'est refermée, après la sortie du bonhomme. Mon sang n'a fait qu'un tour avant de se figer dans mes veines, comme on dit – ce qui est un peu tarte – dans les livres. Ça ne fait pas plus un tour que ça ne se fige. Mais la gorge bizarrement sèche en deux secondes. Et tu te dis : « Alors c'est lui ? » que tu n'as jamais vu de ta vie, ni en chair ni en os ni en peinture ni en photo, jamais, rien. Ce bonhomme-là. Apparemment un vieux bonhomme, en tout cas un plus que pas tout jeune. Droit quand même. Des cheveux blancs qui lui dépassaient de la casquette – ce devait être une casquette. Un pantalon bleuâtre qui pouvait être un jean, une sorte de veste ou gros gilet de laine, les manches retroussées sous les coudes. Ce bonhomme-là.

Il quittait le restau s'en éloignait. On l'a suivi des yeux, moi la bouche béante, jusqu'à ne plus le voir, masqué par des arbres, là-bas, et puis il est réapparu et il a continué d'un pas tranquille, il savait où il allait, pas un pas de vieillard. Il a traversé la place, le bout de place visible, il a poursuivi sur une portion de route, il a pris un chemin (non repérable de notre point d'observation mais qui existait fatalement) perpendiculaire, quelque chose dans le genre, qui longeait le flanc du coteau où se devinaient entre les feuilles marbrées de soleil les murs de quelques maisons accrochées. Il est entré dans la première. J'ai refermé ma bouche. J'ai regardé Béa, qui me regardait. « Bon, eh bien voilà », elle a dit d'une voix un peu cassée. « Eh bien voilà, oui », j'ai dit.

Eh bien voilà.

Et il n'en est pas ressorti. Ou alors par une autre porte. Non visible. À l'arrière de la maison ? Et quand le soir est descendu il n'en était toujours pas ressorti – ou alors… Et moi je n'avais pas le cœur à oser maintenant. C'était trop tôt, trop tard. Sûrement pas le moment. Ça pouvait attendre demain, non ? D'accord ou pas d'accord Béa n'a pas répondu. Encore une fois, si j'étais là, c'était sa faute. Sans elle je ne me serais jamais décidée. Je sais pourquoi elle y tenait tellement : c'est parce que son chemin à elle ne s'engageait pas sur ce genre de voie et ne s'y engagerait jamais, elle le savait, elle s'était emparée de mon histoire pour s'en servir perso, j'en avais volontiers accepté le partage – c'était pour moi, je peux te le dire, une manière de soulagement, aussi.

On a bougé les sacs jusqu'au meilleur emplacement offrant une belle vision de la maison épargnée par le gribouillis des branchages, les plus proches comme les plus éloignés, qui faisaient des écrans entre notre pente et le flanc opposé du vallon. On a monté les tentes.

La nuit s'est effondrée, on aurait dit. Insinuée dans toutes les anfractuosités, toutes les fentes et les pliures de la terre, les choses. Au-dessus les étoiles. C'était comme si tout cela renforçait davantage encore la désertification des lieux. On s'est fait à manger, sans voiler la lampe ni le brûleur du réchaud. À un moment, brièvement, on a vu une lumière, là-bas, dans sa foutue maison, derrière un carreau d'une fenêtre. *J'ai vu*. Okay, il était là.

On a parlé de lui un temps, encore, une fois de plus. Surtout moi. Une fois de plus, oui. Il fallait probablement que je le retienne, de cette façon, que je m'accroche, va savoir. Maintenant qu'il était trop tard pour reculer. Que je ne pouvais plus reculer. J'aurais eu bonne mine, si c'était lui qui s'esquivait.

Tu peux croire que j'ai mal dormi. Je regardais dans la nuit vers là-bas, en face, l'autre côté, par la lucarne transparente de la portière de la tente, paupières clignantes. Je voyais les étoiles. Et puis elles sont parties, cachées par des nuages peut-être. Béa ronflotait par secousses.

Le jour venu j'étais réfrigérée. Rien ne bougeait.

Vous vous réveillez et le rêve continue. Vous ne parvenez pas à vous en extraire, à mettre le pied dehors. Un rêve poisseux gris malgré la lumière, terne malgré le soleil, qui vous colle à la peau. Il faut du temps, un temps interminable, pour prendre son élan.

Et la fourgonnette comme éjectée d'une déchirure a bien failli foutre tout par terre. Il avait suffi d'une nuit pour que je perde l'habitude de l'existence des gens et des voitures alentour de moi.

Il entendit et reconnut le bruit caractéristique du moteur de l'antique Citroën et se retrouva soudainement au pied du vendredi, qui était le jour de Jeannot Lagarde (avec le lundi et le mercredi), et se leva de table d'un bond et allongea trois pas vers la porte, son bol tenu entre ses doigts recroquevillés, mais s'arrêta pile, la clenche à une portée de main, bifurqua vers la fenêtre et se posta dans le léger courant d'air frais glissé par la croisée restée entrebâillée toute la nuit.

Un bref grommellement roula entre ses lèvres, suivi d'un raclement de gorge. De ces bruits qui ponctuaient régulièrement le silence encoconnant sa vie depuis la disparition de Mado, une quinzaine d'années de cela, après celle de leur fille. (Et il ne parvenait toujours pas à se souvenir clairement de celle-ci autrement que sur le lit de la chambre mortuaire, tellement blanche, et les coutures bleuâtres qui lui veinaient la peau sous le maquillage tartiné un peu trop vitement sans doute, et même : ne parvenait pas à s'en souvenir par le truchement de son prénom...) Il hésita.

Un regard vers la tente pareille à un bouquet de jonquilles, dans la trouée des feuillages délavant d'autres gammes de jaunes : rien n'y bougeait. Le grand Jeannot descendit de son véhicule arrêté devant Les Brimbelles, son sifflotement sautillant par-dessus le ralenti du moteur, la panière tenue contre son ventre, qu'il soutint d'un genou levé le temps de pousser la porte, et il entra et Noël avala le reste de café froid dans le fond de son bol et ce dégingandé de Jeannot Lagarde ressortit en balançant à bout de bras la panière vide qu'il lança par la portière coulissée à l'arrière de sa camionnette, et il grimpa derrière son volant et le voilà reparti dans un grand frottement de pneus sur le gravier et le voilà filé, le voilà disparu.

— Bon Dieu, gronda Noël, à l'apparition des filles au bord de la place, un temps hésitantes comme si elles allaient courir derrière la camionnette, puis se ravisant et marchant vers l'entrée du restaurant devant laquelle elles s'immobilisèrent un autre temps, s'approchèrent.

Mais elles ne poussèrent pas la porte.

Mais elles tournèrent les talons et le dos aux Brimbelles et traversèrent le bout de la place vide et prirent la route étroite en lacet et la direction de la maison.

Noël fit un pas en arrière puis posa le bol vide à terre et revint vers la fenêtre et ferma la croisée et recula vivement. Alors que rien, vraiment, au fond, ne justifiait cette réaction, le cœur lui battait la chamade jusque dans la gorge.

Comme si la maison ne pouvait qu'être, à l'évidence, le but des deux marcheuses, il alla à la porte et la verrouilla à double tour, puis se laissa glisser au sol, adossé au vantail. De manière qu'un regard fureteur à l'intérieur, par la fenêtre, ne le repérât pas. Il ferma les yeux et s'efforça de respirer calmement, de repousser cette bouffée d'angoisse imbécile que rien ne motivait sérieusement, il attendit qu'elles passent leur chemin ailleurs, loin, qu'elles disparaissent, s'évanouissent, qu'elles n'aient jamais existé. Le chat grisbleu s'approcha et s'assit à deux pas et le fixa d'un regard étonné.

Il entendit les pas froissés sur les graviers. Des voix peut-être chuchotées. Un silence pesant son poids de pierre.

— S'il vous plaît ? dit la voix de gamine.

Et trois coups presque discrets tapotant, plus que frappés, le bois dur de la porte.

Mais s'il avait répondu ?

Noël ne répondit pas. Il faillit bien le faire, après quelques secondes d'une stupeur qui le cogna, bouche ouverte, et le cloua, le corps pesant d'au moins le double de son pesant, au plancher et contre ce côté de la porte. Mais ne le fit pas. Car eût-il répondu, de quelque façon et par quelque mot que ce soit, les moments de la suite eussent été tout autres, fatalement, pour une autre manière d'être dans le costume de l'histoire en devenir.

Un mot parfois, d'une tonalité suffisante à leur écoute. Les quatre mots tremblés par la voix féminine tombés d'ailleurs, presque de nulle part. Un silence comme il en éclate après le rebond du marteau sur l'enclume…

Un mot comme un silence au détournement de la suite du temps.

Elle dit :

— Vous êtes là ? Vous m'entendez ?

Et Noël s'interrogeant sur cette assurance paradoxale qu'il pressentait dans le questionnement. Comment pouvait-elle savoir, être certaine ? Non seulement savoir sa présence, mais précisément là, à quelques centimètres de hêtre d'elle ?

Elle dit :

— Vous m'entendez ? Je sais que vous êtes là. Je crois même que je vous entends respirer… *Je sais que tu es là.* Je m'appelle Léa. Tu te souviens de mon prénom, quand même, non ?

Disant :

— Je suis Léa, je sais qui tu es, Siméon Hole. Je t'ai retrouvé. Je ne t'en veux pas. Je ne suis pas là pour te faire des… reproches, ou, je sais pas : la morale. Je t'ai pas recherché depuis tout ce temps pour ça. Je suis pas ici pour ça. Je te jure que non. Je t'ai retrouvé, dis-moi, dis-moi que c'est vrai, dis-moi que c'est toi, d'accord ? Dis ?

Et lui ravalant sa salive, la gorge sèche, anormalement douloureuse. S'interrogeant par la bande sur la réalité du monde dans lequel il avait brutalement été précipité. Mais ne répondant pas. Répondre quoi ? (La seule chose possible, dont la platitude obligée eût été intrinsèquement corrompue par son pesant de dérisoire : répondre qu'il s'appelait en vérité Noël Gardant et qu'il était né en décembre 1945, qu'il avait soixante-quatorze ans, veuf depuis quinze ans, qu'il avait eu une fille, Loréna, morte le jour pile de ses seize ans dans un accident (tellement rare !) de chemin de fer à la con et de pont effondré au passage de la loco, leur seule enfant, si belle et si adorable, si innocente, Loréna, et sa disparition qui lui avait fait comprendre au couteau le vrai sens du mot « infini » qu'avant cette mort subite, la sienne aussi bien que celle de Loréna, il était à cent lieues de connaître…

— Tu es là, dis ? Je sais que tu es là. J'aurais pas fait tout ce chemin depuis tout ce temps… tout ça… si je n'étais pas certaine que tu es là…

Noël crispé sur lui-même, au sol et contre la porte qui semblait vibrer, pourtant, aux mots plus légers que des souffles caressant l'autre face du bois… Répondre en une litanie déversée sans retenue aucune désormais, un long cri de survie, une désespérance écorchée, répondre qu'il était seul au bord du monde durant toute cette période post-mortem, même pas au centre, au bord du monde, en équilibre maintenu tant bien que mal, glissant inéluctablement vers la définitive incarnation de solitude dans ce village qui se vidait petit à petit de ses habitants, les uns après les autres, tous, qu'on finissait par emporter dans des voitures qui ne leur appartenaient pas vers des lieux de replis soi-disant salvateurs, protecteurs, fatalement étrangers au dernier degré, s'ils ne s'en allaient pas d'eux-mêmes, comme un étang dont la retenue d'eau pourrie laisse fuir son eau jusqu'aux vases sèches et craquelées finales, les maisons exsangues accroupies sur elles-mêmes pour résister mieux à l'anémie de leur abandon, jusqu'aux deux derniers occupants toujours debout et qui ne partiraient pas, eux. L'avait-il cru un certain temps. Comme s'il était encore possible de croire en quelque chose. Et ce jour-là Siméon avait dit « je m'en vais », mais pourtant, mais pourtant laissant entendre qu'il savait où aller, laissant supposer qu'il reviendrait sans trop tarder, et puis prenant le pas, le tard immobilisé, laissant sa maison ouverte, le restaurant, aux bons soins d'entretien de Noël qui avait promis de s'y tenir – ce qui renforçait la supposition d'une absence plutôt brève, certainement pas définitive… Avait-il jamais parlé d'une fille, lui aussi ? Avait-il jamais laissé croire qu'il pouvait s'en aller vers elle ? Ou bien cette supposition venait-elle s'insinuer avec l'apparition de… Léa.

— S'il te plaît…

… Répondre, souffle court, que c'était sinon de la folie, une erreur monumentale. Qu'il était né dans un village voisin, à peine plus grand que Haute-Pierre, davantage un « écart », qu'il en était parti sa majorité faite pour quelques années ailleurs avant d'y revenir, une épouse au bras, d'y faire retaper la maison, d'y exercer comme il pouvait se le permettre désormais sa profession d'illustrateur de livres pour enfants, et de n'en plus bouger. De n'en plus sortir. Racrapoté au fond de son terrier.

— S'il te plaît, dit-elle. Je veux savoir. Ce que je sais ne me suffit pas, ne me suffit plus, tu comprends ? Tu ne veux pas m'ouvrir la porte ?

Noël ne dit rien. L'eût-il voulu, il en était incapable, à présent.

— Je suis pas là pour te reprocher quoi que ce soit, tu comprends ? De quel droit ? Ce qu'on m'a dit, des gens qui avaient entendu dire, qui ne savaient même pas exactement… je peux certainement pas le prendre vrai. Je sais rien. Vous étiez même pas mariés et c'était une fille-mère comme on dit. Et elle est morte après que tu es parti, tu avais sans doute tes raisons, je suis pas ici pour t'accuser de quoi que ce soit tu peux me croire. Je t'en prie, papa, tu peux me croire… S'il te plaît. Ni pour t'accuser de pas être venu me reprendre dans les familles où ils m'ont mise, jusqu'à ce que je m'en sorte toute seule…

Le silence prit de la densité, dura.

Comme une fissure dans un granit bleu, elle demanda :

— Papa ?

C'était un mot dont il avait fait son deuil glacé depuis presque le début des temps. Qu'il était bien certain de ne plus jamais entendre à son endroit. Il avait fermé les yeux. Il respirait sans bruit. La mâchoire lui faisait mal, trop serrée.

Il ne répondit pas.

Il neigeait sur la ville. Ce n'était pas chose courante, surtout pour un mois de novembre. Pas sur cette ville-là. Les flocons dansaient comme des paillettes d'argent et d'or dans les lueurs de la rue, ils se fondaient dans le gris des trottoirs.

— Et alors ? dit Yannick, bras croisés sur la table, le menton au-dessus de son demi de bière, les yeux levés vers elle.

Des yeux attentifs. Gentils.

— Alors quoi ? dit-elle. Je suis là, non ?

— Je vois bien que t'es là. Alors ?

Léa se redressa et se plaqua dos à la banquette de cuir, mains dans les poches de son blouson fourré, les épaules relevées. Ses cheveux dans la lumière chaude du café faisaient deux vagues cuivrées encadrant son visage.

— Il a pas ouvert, c'est tout, dit-elle. Il a pas ouvert. On a attendu… mais rien. Alors je crois que je l'ai insulté un bon coup. Je suis plus certaine mais je crois… Et puis quoi ? On est reparties vers la tente. Je pense que c'est ce jour-là qu'il m'a abandonnée. Heureusement que Béa était là… On a attendu tout le jour. À mater la maison. Rien n'a bougé. Et une partie de la nuit pareil. Alors on en a eu marre. On a plié la tente en pleine nuit. Voilà.

Yannick posa l'index sur le bord de son verre et le fit glisser à petits coups de gauche à droite et dit :

— Et alors, maintenant ?

— Quoi, maintenant ? dit-elle sans pratiquement bouger les lèvres.

Les tissages

Les tissages se dressaient en nombre, sur les rives des cours d'eau qui creusent les trois vallées en étoile au giron de laquelle a poussé le village dans un grand écartèlement. Ils avaient besoin de la force de l'eau pour faire tourner leurs machineries. On comptait près d'une dizaine de ces longs bâtiments aux toitures en sheds et hautes cheminées de briques rouges, dans les vallées de la Moselle, de la Goutte du Rieux, des Charbonniers et de Presle.

C'est au tissage du quartier des Ajols que mon père et ma mère travaillèrent toute leur vie. Ma mère tisserande, d'abord, ensuite « rentreuse ». Mon père menuisier-charpentier, à l'entretien des maisons et logements des ouvriers.

Et c'est au bureau du tissage des Ajols que ma sœur entra, son certificat d'études en poche, pour y apprendre le secrétariat et la comptabilité, y travailler jusqu'à ce qu'un marin avec qui elle correspondait débarque un beau jour et la courtise et l'épouse et l'emmène de l'autre côté de la montagne, en rivage d'océan…

La maison près de la rivière était voisine de l'usine, elle appartenait au patron du tissage, ainsi que plusieurs dizaines d'autres éparpillées dans tout le village, en plus des trois « cités », qui composaient le parc de logements ouvriers. C'est ainsi que les choses fonctionnaient, toute « la masse salariale » des différentes usines logée par les patrons propriétaires, l'usine, « la boîte », un monde en soi, une vaste famille…

Je n'ai pas connu mon grand-père maternel. Il avait plutôt, je crois (c'est ainsi qu'on s'en souvenait et qu'on le racontait), une envergure de rigolo. Sujet à des sortes de crises, des fulgurances, des poussées anarchistes qui l'emportaient par les monts et vaux du village, dans un grand vagabondage de plusieurs jours. Très ponctuellement.

Il lui arrivait de rôder aux abords de l'usine, au cours de ces deux ou trois jours de désertion, sans culpabilité ni excessive discrétion, il passait par-là pour saluer ses compagnons sobres et disciplinés qui se hâtaient, eux, vers le travail, sommés par le « sifflet » de l'usine qui les y appelait d'un grand coup sonore de jet de vapeur.

Un jour qu'il se tenait là, un rien vautré dans l'herbe douce du talus sous le canal de dérivation de la rivière à la turbine, le patron qui se rendait lui aussi à l'ouvrage comme ses tisserands l'avisa :

— Eh bien, père Grosdemange, vous ne croyez pas que vous devriez rentrer chez vous ? Qu'est-ce que vous faites là à cette heure ?

C'était aux alentours de treize heures.

— Ce que je fais là ? Et vous ne le voyez pas ? Je fais de la botanique, monsieur, et y a pas meilleure heure pour ça !

Le voyez-vous, couché dans le soleil sur le pré pentu, appuyé sur les coudes, tisserand d'un autre âge, faisant de la botanique…

LES LOUPS

À Vincent Munier

Les noms

Déjà sans doute ces animaux debout sur deux pattes qui s'appelleraient les hommes avaient distribué des noms autour d'eux. Ils tournaient les sons dans leur bouche, ils les posaient sur les choses. C'est ainsi que les hommes désignaient les endroits, les territoires, en les nommant pour se les approprier.

Nous étions là, déjà, nous aussi.

Avec ceux qui marchent debout, et parmi tous les autres de nos frères vivant, à quatre pattes ou non, parmi tous, les marchant, volant, nageant. Nous étions là.

Il est à peu près certain que dès qu'ils en eurent la possibilité, les hommes nous nommèrent. À peu près certain qu'en même temps ils nous lancèrent des pierres et des noms.

Il y avait sur ces époques-là des odeurs à foison, planant et pesant, roulant sur les pentes des grands vents descendus des cieux. Des odeurs qui s'interpénétraient, se mêlaient, se mélangeaient. De chaleur et de pluie, de froid, c'était selon. Les odeurs du jour n'étaient pas semblables, évidemment, à celles de la nuit. Elles glissaient comme des caresses, elles nous saoulaient, nos yeux entrouverts brillaient dans la pénombre et nous pouvions sourire sans que l'on y mît de la méchanceté.

Les terres n'avaient pas de commencements, et la vie ne suffisait pas pour qu'elles finissent. Il y avait toujours une montagne à traverser. Une rivière à nager. Les forêts regorgeaient d'oiseaux balancés dans leurs chants, les grands prés étaient sillonnés de milliers de petits rongeurs vifs…

Le soleil était plus chaud, la lune plus ronde, je crois.

Ils nous ont lancé des pierres, d'abord, avant leurs javelots, leurs flèches. Et des noms. Dans leur premier langage, ils nous ont appelés « loups ».

Le Clan

La louve menait la harde.

Ce n'était ni la plus vieille ni la plus forte, mais tous avaient compris que les territoires qu'elle avait parcourus, dont elle se souvenait, étaient les plus vastes et les plus riches en proies. C'était elle qui le mieux savait et trouvait les plus belles traces.

La plus âgée avait quatre saisons de plus qu'elle. La plus vieille était celle qui lui avait donné la vie, et jamais la louve n'avait quitté sa mère, de qui, certainement, elle avait appris beaucoup. Elle avait grandi derrière elle, avec ses frères et sœurs. Ils étaient au moins sept, derrière le couple formé par sa mère et le vieux gris à l'oreille cassée. Du plus loin que portait son souvenir, la louve se rappelait un nombre important d'odeurs amies, autour d'elle. Et puis le vieux gris aux oreilles inégales s'était battu avec le grand cerf des neiges, et les bois de ce dernier lui avaient ouvert le ventre. Voilà comment la mère de la louve meneuse s'était retrouvée seule. Elle était toujours là, et c'était la plus vieille.

Aujourd'hui, la louve a un compagnon, elle aussi. Ils s'étaient choisis alors qu'ils n'avaient pas vécu chacun dix saisons différentes les unes au bout des autres.

La louve était assise sur la crête du coteau. Les autres couchés derrière elle. Ses fils, ses filles, ses petits maintenant grandis et adultes, avec eux-mêmes des petits. Et deux autres familles, pareilles, que les froidures de l'hiver avaient poussées sous son autorité. La harde.

Naissance

D'abord, au-dessus des arbres lointains, le fond du ciel qui semblait tracer comme une déchirure noire s'est éclairci. Graduellement la lumière grise a fondu. Depuis un moment déjà les oiseaux dans les branches avaient commencé leurs ramages. Avec le jour venu et installé, les gazouillis et les chants déferlaient d'un bord à l'autre des nuages.

À ce moment, le premier petit vint au monde, au fond du nid d'herbes et de feuilles, dans la faille de roche au flanc de la montagne. Sur tout le territoire de la harde, il y avait un certain nombre de gîtes semblables, prévus pour la naissance, selon que la bande se trouverait ici ou là au moment venu. Mais c'était celui-là que le loup préférait. C'était un bon endroit protégé et tranquille.

Les autres membres de la harde se tenaient rassemblés sous les arbrisseaux maigres, à quelques mètres. Certains avaient chassé, pendant la nuit, et ils étaient revenus au bord de la forêt un peu avant le jour. L'odeur de la viande était sur eux, mais d'autres effluves venaient caresser les narines du loup, debout et nerveux à proximité du gîte. Les odeurs de feuilles nouvelles, qui commençaient de s'accrocher aux ramures, depuis quelque temps. Les odeurs du froid qui s'enfonçait dans le sol, après l'hiver et la neige, sur les hautes herbes brisées recouvrant les grandes étendues. Et les odeurs de tendre et de chaud qui s'élevaient de ses fils, sortis du ventre de sa compagne.

Compagnons

C'était un mâle qui ne s'était pas encore choisi de compagne. Il avait grandi avec elle, en même temps, elle se souvenait de leurs jours ensemble quand ils faisaient partie de toute une bande de petits, quand ils apprenaient comment construire la vie jour après jour. La louve avait en elle la mémoire des odeurs planant sur ce temps-là.

Aujourd'hui, elle voyait des petits, autour d'elle, appartenant aux familles qui formaient occasionnellement la si grande harde. Elle voyait des petits qui lui rappelaient dans leurs mouvements et leur façon d'être ce qu'elle avait gardé en souvenir de l'apparence de son compagnon, quand lui-même était louveteau. Elle éprouvait de la chaleur agréable, à vivre ces moments.

Quelle était donc la différence ? En quoi ce jeune mâle qui avait grandi en même temps qu'elle était-il autre que les autres ? Pour quiconque, cela sans doute ne se remarquait pas. Ou alors ne comptait pas. Ou alors n'offrait rien d'attrayant.

Sa fourrure était grise, parcourue de reflets dorés, quand la lumière le caressait le soir, quand le soleil s'y levait le matin. Il était fort, haut sur pattes, large de poitrail, avec une queue touffue et longue qu'il savait dresser haute, roide, quand il courait en paradant.

Depuis longtemps, il ne jouait plus avec elle, et quand d'autres mâles la taquinaient, il se tenait à l'écart et il observait fixement.

Un jour, s'est interposé, crocs découverts, tournant vers elle ses yeux de miel dur. À la seconde alors elle a su qu'il serait son compagnon jusqu'au plus loin, là-bas, dans la grimace de la mort.

Les proies sortaient de la terre, au fur et à mesure que les jours grandissaient. Les mulots et les lièvres que saoulait le nouveau soleil semblaient oublier toute prudence. Ils couraient dans les prés comme si le retour des feuilles aux arbres diffusait en eux aussi la griserie d'une nouvelle sève.

Aux jours devenus les plus courts, la vieille famille quittera le gîte à flanc de montagne. Depuis déjà de longues semaines, ceux de l'autre famille qui, pour un temps alliés, ont formé la bande pendant les froids de la saison des eaux dures, sont repartis. Ils ne restent que sept, de la souche première... et les quatre nouveaux petits.

Le soleil est chaud, non seulement quand il s'accroche droit au-dessus des têtes, en plein centre du ciel, mais dès qu'il monte de la terre couchée.

Les jours sont faits de paresseuses siestes, de longues somnolences, tandis que la fraîcheur du sol pénètre sous la fourrure. Des jours remplis de bruits grésillant qui sont les murmures satisfaits de la vie à son zénith, partout, d'un bord à l'autre de cette saison-là. Même la fin, ici, ne se signale qu'à mi-voix. Les petits trottent et jouent sans cesse, ou bien reposent leur museau sur le bord de leurs pattes courtes, quand ils dorment à peine, sous les arabesques des mouches bleues.

Les nuits suffisent à peine, pour la chasse. On y croise des renards, comme des flammes soyeuses fuyant le feu des hommes.

Territoire

Deux couples nouveaux sont partis, au moment du givre, alors que les herbes étaient redevenues blanches et cassantes comme de vieilles brindilles, que les premières feuilles changeaient de couleur avant de se détacher. Il y avait de longues baves de brume sur l'eau de la rivière, qui s'accrochaient, dans les clapotis d'une molle glissade, aux racines et aux basses branches des arbres riverains.

Deux couples ont quitté la famille des loups. Ils s'étaient formés pendant les chaleurs d'été. Ce matin-là, ils se sont éloignés de la bande, sans se presser. Ils se sont assis sur la berge, et on aurait pu croire qu'ils laissaient les brumes s'habituer à leur présence, pendant un moment.

Quand les autres, de la bande, se sont éloignés, finalement, après que tous eurent reniflé les dissidents une dernière fois, les deux couples sont restés là, encore, à cette place, un certain temps. Derrière les nuages bas, le soleil est monté jusqu'au presque milieu du ciel.

À présent, la bande avait disparu depuis un long temps. Les bancs de brume sur la rivière s'étaient évaporés. Une famille d'abord puis l'autre manifestèrent de l'impatience, poussant de petits gémissements pointus. Alors, les mâles se mirent en marche. Ils remontèrent la rivière sur une trentaine de mètres avant de la traverser où son cours était rendu moins large par un grand nombre de pierres émergées. De l'autre côté, à un endroit qui ne portait pas d'odeurs familières imprégnées, ils marquèrent leur nouveau territoire.

Ours

L'ours avait faim, lui aussi. Il avait faim pour lui seul. C'était un vieil ours mâle solitaire qui n'avait plus que ses habitudes pour compagnie, depuis longtemps.

Et très certainement, pas plus que la famille des loups, le vieil ours n'avait chassé lui-même le bouquetin dont il cherchait maintenant à attraper la carcasse, au fond de la crevasse dans les roches.

Les loups avaient saisi l'odeur de l'ours. C'était une forte empreinte, depuis un moment, sur tous les troncs d'arbres, ou presque tous. La jeune femelle sans mâle qu'ils avaient pourtant tous suivie durant la saison écoulée avait senti la présence du bouquetin mort.

On entendait souffler et gronder l'ours qui déployait de grands efforts pour s'approcher de la carcasse, parmi les rochers abrupts. Le jour déclinait.

Les plus petits, malgré la faim qui les excitait, ne laissaient s'échapper aucun cri. La bande suivait la jeune louve. Trois saisons auparavant, l'ancienne meneuse de la harde avait laissé la chasse à la décision de cette plus jeune. Elle était fine et légère, le regard et le flair sûrs. Partout où elle allait il y avait des proies.

Ils approchèrent en prenant garde de se tenir contre le vent, puis, à une dizaine de mètres de roches en éboulis, ils s'immobilisèrent. La plupart se couchèrent. Ils savaient bien que l'ours, bataillant depuis un long moment, ne pourrait pas profiter sur place de sa trouvaille. Et il était, de tous, le seul dont la force permettait de tirer et de lancer loin de son piège le gibier convoité. Ils attendaient.

La jeune louve, seule debout, prête à bondir, se chargerait de chaparder le butin…

Vieux loup

La lumière est moins claire, le soleil est moins chaud. Pourtant cette saison est celle qui flambe le plus fort. La saison la plus jaune, la préférée.

Il en a vu beaucoup, un grand nombre. Des premières, lointaines, il a gardé le souvenir jusqu'à maintenant, et les odeurs fraîches. Il ne se savait pas petit, alors, c'est maintenant qu'il sait.

Il sait beaucoup. De tout le temps où il a gardé les yeux ouverts, il a appris. C'était l'habitude des choses en ordre.

Il a parcouru tant et tant de fois les voies du territoire… il saurait le parcourir encore, s'il le fallait, et si toute la lumière était tombée de ses yeux. Si ce n'était plus que des odeurs. Bien sûr qu'il saurait. C'était un bon territoire.

Il a eu faim, plus d'une fois, mais toujours il a trouvé de quoi calmer la pinceuse douleur, dans son ventre. Il courait, le vent glaçait ses crocs, l'odeur de la proie devenait celle de la peur en effaçant celle de la faim, puis c'était le chaud de la chair ouverte et du sang, dans sa gueule…

Il a été petit, il est devenu fort. Il a eu une compagne qui s'est couchée dans sa chaleur, contre qui il dormait, et pour qui il est devenu fou plus d'une fois. Il s'est battu pour elle. Une nuit, elle n'est pas revenue du territoire des hommes. La nuit suivante est restée vide d'elle, il a hurlé de toutes ses forces, suppliant à la lune.

Mais c'était inutile. Elle n'est pas revenue. Et il est là couché dans le soleil d'automne aujourd'hui et ferme les yeux, il se repose d'un long chemin…

Piège

Les mâchoires ont claqué, dures, aux dents taillées à même le métal. Il n'y a sur cette bête étrange et féroce d'autre odeur que celle de la mort froide et sèche, enfouie dans la neige. L'étrange et sale bête, rien qu'une gueule, en guise de corps la longue chaîne cliquetante fixée au tronc.

Viens ! Ne reste pas couchée là, bouge encore, bouge ! Relève-toi, essaie ! fais-le vite !

Je peux t'aider, mais comment ? Comment desserrer le piège refermé sur tes pattes ? Mords-le, toi aussi, avec moi, allez, à se casser les dents, tant pis, de toutes nos forces. Ne crie pas. Ne bouge pas.

Il faisait si froid et si faim. Ça n'a plus d'importance, à présent, la bête a sauté de la terre, sous la neige où elle se tenait cachée, avec un bruit terrible et le claquement de la chaîne, et ton cri de douleur quand se sont brisées tes pattes.

Viens, viens, essaie de bouger, essaie de te soulever. Les autres attendent, avec moi, ils ne comprennent pas. Aucun d'entre eux ne comprend. Ils n'osent pas.

Quelque chose est caché dans la nuit, au-delà du vent qui se roule en boule. Quelque chose qui descend des nuages pour nous anéantir.

Je ne comprends pas, comme les autres. Quelque chose tourne dans la nuit et nous enveloppe. Je t'aiderai, je peux te soulever, ne reste pas là, dresse-toi sur tes pattes. Il faut s'échapper de la gueule noire et brillante, qui, tout de même, petit à petit, laisse monter un filet d'odeur, avec l'épouvante et le bruit de la chaîne sur laquelle on tire, qu'on secoue, le bruit de la chaîne, le bruit de la chaîne…

Approche

Ils sont venus de plus loin que les territoires connus, plus loin que les montagnes, plus loin que les grandes plaines qui s'étendent passé les montagnes. Debout sur deux pattes, avec des cris et des odeurs inhabituelles, ils se sont installés.

Ils ne bougent pas véritablement. Ils viennent et demeurent. Et plus tard il en vient d'autres, et encore.

Ils ont des terriers qui leur ressemblent : comme eux debout au-dessus de la terre. Ils s'y rassemblent autour de la brûlure flamboyante qui se tord de bas en haut. Les odeurs de proies sont nombreuses avec eux : il n'en manque jamais.

Ils ne courent pas vite, ils ne sont pas si fort, réellement, plutôt fragiles, même, sur leurs deux pattes. Quand il fait froid, ils tremblent. Quand il pleut ils se cachent.

Ils sont tellement incompréhensibles.

Avec eux vivent certains d'entre nous qui ont quitté les hardes il y a bien longtemps. Ils ne semblent pas malheureux.

Et quand ils se rassemblent, la nuit, dans leurs maisons, flottent les odeurs des fumées gardiennes planantes, qui veillent sur eux, mâles, femelles, petits et vieux.

Et nous, nous guettons. Nous les appelons, du creux de la nuit, ils ne répondent pas. Nous les suivons au long de leurs chemins et ils se sauvent, dans leurs pas leur souffle peureux.

Et ils tuent.

Peur de nous.

Comme si toutes ces odeurs de proies qui les enveloppent n'étaient que du poison.

Faim

À la nuit tombée toutes les traces visibles au flair avaient disparu, toutes avaient été recouvertes par la couche de silence blanc. Toutes les traces étaient descendues au profond de la terre et se taisaient.

Le ciel était posé à même le sol gris. Progressivement, les ténèbres s'embourbèrent dans un pareil enlisement, et la nuit devint quelque chose de plus mystérieux encore, sans consistance définissable, pesamment caressée par les danses de flocons lourds.

Puis le vent se leva. La neige n'était plus seulement averse cotonneuse qui descendait des cieux embrouillés noirs, elle s'abattit de partout, elle était arrachée du sol autant que des profondeurs des nuages nocturnes éventrés.

La forêt, de ce magma hurleur, jaillissait comme une barrière de crocs noirs.

La tempête braillait dans les arbres, entre les branches craquantes entrelacées de gémissements. Le vent parfois les ébouriffait jusqu'à la cassure, et les emportait. La neige collait aux troncs, s'épaississait sur la face exposée aux plus dures hurleries.

Toute marque de vie avait été arrachée de ces lieux. Dans le silence hurlupé, les plaies braillées de la tempête s'enguirlandaient des guenilles fouettées, emmêlées.

Au fond des crevasses et des failles pétrifiées sous le grand cri de blancheur, les petites bêtes rares attendaient de retrouver leur odeur vivante.

De ces enfers basculés sens dessus dessous, fustigés, battus par les éléments déchaînés, ventres tordus de crampes, le bord des yeux gelé, les loups à la file, derniers maudits, comme crachés, sont revenus.

Pourtant

Pourtant, vous ne mangiez que des herbes et des feuilles, des écorces et des racines, à peine descendus de vos arbres. À peine debout. À peine capables de courir sur vos deux pattes malhabiles. Vous aviez froid, le vent vous glaçait, les bêtes vous attrapaient et vous mangeaient – deux coups de dents et vous voilà morts.

Pourtant nous étions nous de ceux qui vous chassaient, pareils à d'autres proies, ni plus ni moins favoris à courser. Vous étiez des captures faciles. Nous étions forts, plus hauts sur nos quatre pattes que vous sur les deux vôtres, alors. C'est peut-être incroyable, mais c'est ainsi, ne l'oubliez pas.

Aujourd'hui, nous sommes sans doute un de vos derniers liens avec le monde réel. Quoi que vous fassiez, quoi que vous disiez. Nous sommes les derniers animaux. Vous nous caressez, vous nous ordonnez, vous nous frappez, vous nous martyrisez, vous nous abandonnez, vous nous expérimentez. Alors que si nous le voulions, d'un claquement de dents beaucoup d'entre nous seraient capables de vous retirer votre vie de si grande importance. Au lieu de quoi, nous vous regardons avec des yeux d'esclaves, nous attendons les mots qui apaisent.

Vous nous sanglez de colliers, vous nous promenez en laisse, vous nous gueulez de courir, de nous tenir au pied, de nous asseoir, et quand nous avons compris ces pauvres choses que vous attendez de nous, qui vous donnent un tel contentement quand nous les exécutons, nous le faisons comme si c'était la preuve indubitable de notre ancestrale soumission.

Pourtant, s'il te plaît, mon maître, quand vous me regardez du haut de votre puissance facile, souviens-toi que j'étais aux aurores un loup.

Le plus à craindre n'était pas les hommes et leurs sales odeurs, mais les chiens, avec eux. Un peu après le lever du jour, les chiens avaient trouvé la voie de la meute et ils s'étaient lancés à sa poursuite. Contrairement aux loups, les chiens ne pouvaient s'empêcher d'aboyer, de gueuler tout ce qu'ils savaient, quand ils étaient lancés sur une trace de gibier. C'était leur manière, pour renseigner les hommes… et du même coup ils prévenaient aussi le gibier.

Après avoir couru sans trop se tracasser pendant un moment, en direction de la rivière, la horde s'immobilisa parmi les feuilles craquantes et brunes que les rouilles d'automne avaient détachées des branches. En vérité, ce n'était pas une harde au véritable sens du terme, juste une grande famille : deux couples, un vieux mâle, deux autres mâles de l'année précédente et quatre louveteaux du printemps passé. Les petits ne semblaient pas se rendre compte de ce qui se passait réellement. C'était pour eux comme un grand jeu.

Puis, de nouveau, les abois des chiens. Un couple remonta la berge, avec deux des petits et les deux jeunes mâles. Le solitaire s'éloigna de quelques foulées, en direction de la forêt proche, comme s'il retournait au-devant des chasseurs. Il grimpa sur un tronc pourrissant d'arbre tombé couvert de mousse, s'y assit.

Il attendit que l'autre couple eût traversé la rivière, les jeunes dans la gueule, et se mit à hurler pour provoquer et attirer les chiens. Ses cousins des âges enfouis.

Mise à mort

Les abois rageurs la saoulaient. Comme une peur brute et brûlante qui cascadait autour d'elle. La louve se taisait. Le grognement avait fini de rouler dans sa gorge. Elle découvrait simplement les crocs, terribles, acérés, gluants de salive et sur lesquels s'étaient collées des brindilles.

Derrière, pressés l'un contre l'autre dans le trou du rocher, les deux petits copiaient sur elle leur attitude défensive et silencieuse. Jamais encore leurs dents minuscules, pointues et néanmoins tranchantes, n'avaient donné un véritable coup pour tuer, pas plus que leurs griffes n'avaient frappé dans ce but. Jusqu'alors ils s'étaient contentés de jouer, ils avaient avalé la viande prémâchée par le loup ou la louve.

Et voilà qu'au bout de la course folle, qui n'était pas un jeu, la terreur incompréhensible se déversait sur eux, dans les roulements d'abois abattus de partout, sur la mère et sur leurs propres oreilles aplaties – les abois crachés par la troupe des chiens.

Un des petits sortit du trou quand la louve s'élança. Elle reçut le choc et le poids du chien jaunâtre, roula avec lui sur le pré. Alors elle laissa fuser de nouveau le grondement de colère et de peur mêlées tandis que ses mâchoires se refermaient sur le garrot de l'autre.

Le petit poussa un jappement pointu d'agressivité joyeuse. Il s'élança derrière sa mère et c'est alors que les fusils des hommes apparus tonnèrent les crachats lumineux de la mort.

Le loup et le renard

Longtemps, il surveilla la petite trouée dans les buissons et les plants de myrtilles qu'il grappillait volontiers par pure gourmandise, quand sa faim était endormie. D'abord, il se tint assis sur son arrière-train. Ensuite, il se coucha, étira ses pattes devant lui. C'était un vieux loup grisonnant, au col plus touffu et noir parsemé d'épines. Une de ses oreilles était profondément entaillée. Au bout d'un certain temps, il se mit à lécher la morsure incongrue de la martre, qui lui picotait encore la patte antérieure gauche. Sans cesser de regarder à travers la trouée dans le taillis, et le corps allongé du renard, au centre.

Une renarde. Elle ne bougeait pas.

Le loup attendait que le mâle survienne, ou encore ses petits. Quand le soleil chauffe de cette façon, que les papillons volent pareils à des feuilles tombées des branches, les renardes comme les louves ont des petits qui savent déjà courir et attraper des proies à leur taille.

Celle-là était une renarde qui perdait progressivement son odeur vivante. Le vieux loup cherchait à comprendre, savoir pourquoi elle était morte.

Finalement, il se redressa sur ses pattes. Il écouta. Il renifla. Il n'y avait d'autres bruits que ceux des insectes dans les buissons et l'humus, d'autres odeurs que celles entrelacées de la forêt. Et l'odeur de la renarde. La lumière déclinait.

Le vieux loup fit le tour de la trouée, plusieurs fois. Ensuite, plus léger qu'une ombre, comme une portion de soir glissant en éclaireur, il fut près du cadavre qui puait la mort et rien d'autre, nullement le poison dont la signature ourlait sa gueule de salive blême. Le vieux loup saisit la renarde aux membres raides et l'entraîna sur le bord de la trouée dans les myrtilles.

Tout l'été, la harde chassa sur les terres au nord du lac. Les jours se succédaient, tranquilles et gorgés de soleil. Le vent venait du sud, tournant au pire vers le sud-ouest.

Et tout l'été, l'homme seul se tint sur la rive du lac où il avait dressé sa tente et il passait une partie des nuits à regarder brûler le feu de son bivouac. D'un bord à l'autre des jours, il pêchait, faisait rôtir ses poissons et les mangeait.

Plusieurs fois, la harde revint au bord du lac, et l'homme était toujours là.

Une grande louve au pelage clair presque blanc marchait à la tête de la harde et guidait ses chasses. Elle n'avait pas de compagnon, depuis que le seul qu'elle avait accepté s'était fait prendre dans un piège. Elle n'en acceptait pas d'autre. Elle n'avait jamais eu de petits, à l'exception d'un seul, qui était venu enveloppé dans une odeur pourrie de mort.

Naturellement, le premier des deux à avoir pris conscience de la présence de l'autre sur la rive fut la louve. Mais quand l'homme à son tour aperçut la louve et sa harde il passa tout un jour à ne pas toucher sa canne à pêche. Par contre il fit rôtir tous les poissons qu'il avait pris la veille et les dispersa autour de son campement.

Sept nuits durant, tandis que la harde chassait aux environs proches la louve s'approcha toujours plus près du campement de l'homme, attirée vers lui par quelque chose qui remontait du commencement des temps et franchissait l'odeur de feu et de fumée. Quelque chose de fragile, cassant, terrible. Et l'homme attendait, proposant ses poissons cuits, et d'autres crus, aussi.

À la fin de l'été, une de ces nuits-là, elle avança à découvert, s'assit à moins de dix mètres. On aurait pu entendre, dans la nuit, respirer le bonheur de l'homme, pour cet instant.

Villages

Les forêts descendaient comme des marées déferlantes et figées, sombres, vertes, odorantes, et ne s'arrêtaient pas bien loin des villages. Il y avait des champs labourés que des vols de mésanges et de merles assaillaient, par vagues successives. Et des corbeaux, aussi. Il y avait des prés que les hommes tondaient, une fois que les épis de l'herbe jaune, gras et gorgés, courbaient la tête.

Il y avait. Il y avait des paysages au centre desquels avançaient en paissant les troupeaux. Des vaches et des chèvres et des moutons. Parfois, il était possible d'attraper un mouton et de l'emporter, en plein jour... ce qui produisait colère chez les hommes, bien grande colère pour une bien maigre faim assouvie. Leurs chiens redevenus libres et errants provoquaient bien souvent plus de carnages que nous autres. Chiens sauvages renégats... et nous portions la responsabilité de leurs braconnages sanguinaires.

Il y avait des villages aux maisons serrées comme d'autres formes de troupeaux, encore. Avec des barrières de bois qu'en un saut on pouvait franchir, des villages remplis d'odeurs presque gentilles. Pourtant il y avait des pièges de fer attachés à leurs chaînes et aux pieux d'amarrage.

Il y avait des chouettes et des hiboux crucifiés sur les portes des granges.

Il y avait les charognes empoisonnées, les meutes et les chasses à coups de fusils, les fourches, les haches comme vos griffes avec lesquelles vous saviez si facilement frapper. Il y avait les portes de vos maisons auxquelles nous venions gratter, quémander l'hospitalité, vos lourdes portes bardées de fers et de clous à déchirer les pattes.

Et comme nous, vous n'existez plus.

Survivant

Partout les hommes se trouvaient avant lui.

Même si les territoires qu'il parcourait étaient de plus en plus vastes et de plus en plus vides de semblables, ils paraissaient au contraire et paradoxalement de plus en plus étroits pour lui, qui restait seul depuis plusieurs cycles de saisons, déjà.

Il avait eu une famille et il s'en souvenait. Sa louve était tombée un jour dans une de ces fosses creusées par l'homme d'où il est impossible de sortir. Il n'avait pas pu l'aider. Il avait été forcé de fuir quand les deux chasseurs et les chiens avaient surgi.

Ensuite, les jeunes loups ses fils avaient pris la direction du froid. Il les avait regardés partir. C'était la fin d'un jour de pluie. Il se trouvait sur la pente d'un coteau et il les avait regardés jusqu'à ce que l'averse les avale dans la lumière assoupie du jour.

Il était revenu à cet endroit. Beaucoup de temps et de jours et de nuits avaient coulé. Naturellement, l'odeur de ses fils ne marquait plus le sol de pierres. Quand il regardait vers le nord, il n'était plus certain d'y voir aussi loin que cette fois-là, et là-bas où il y avait une vallée étroite, c'était maintenant une ville d'hommes, avec un de leurs chemins durs que des choses puantes aux regards éblouissants parcourent continuellement en grondant.

Il se coucha sur la terre encore chaude du soleil d'été.

Une grosse mouche voleta un moment devant son nez et il la laissa faire, clignant des paupières.

Dieux

Vous me craignez. Ce n'est pas du loup que vous avez peur, mais de vous-mêmes, des autres et de tout. De votre faculté d'accès à l'intelligence sont nés des dieux qui vous rassurent quand vous le méritez, vous épouvantent si vous vous écartez du droit chemin.

Je suis, dans vos esprits, l'allié des orages et du ciel en feu, des étoiles filantes qui me donnent la force. La Grande Ourse est ma complice, régnant au sommet des nues. Je suis l'avaleur de soleil pendant les éclipses qui assombrissent la Chine.

Je suis le gardien des palais des grands rois célestes, et ne dors que d'un œil – tandis que l'autre, éternellement ouvert, n'est pas moins que Sirius au firmament debout. Je suis celui qui garde l'ordre parmi vos dieux. Je suis le nom de Zeus et je commande aux vents, aux pluies sur les champs. Je suis la louve fertile. Mes fils portent le nom de Khan. Je suis le Loup Bleu, l'ancêtre de nombre de vos peuples.

J'ai fait le tour de la terre pour venir en aide aux créateurs, et elle était si grande, si vaste, que jamais je ne revins à mon point de départ.

Je suis le compagnon noir d'Odin, deux de ma race gardent les portes du Walhalla, et le Borgne qui ne mange jamais me donne sa part de nourriture. C'est sous mon apparence que les guerriers partent au combat.

Petits hommes, petits hommes, petits hommes… Petits hommes qui avez tout perdu du cœur de vous-mêmes, pourquoi nous craindre dans vos légendes mensongères sans savoir ?

Composition : Facompo, Rouen

Pour plus d'information :

#lisez! engagé

www.lisez.com

Imprimé sur du papier issu de forêts gérées durablement.

CET OUVRAGE
A ÉTÉ ACHEVÉ D'IMPRIMER
SUR ROTO-PAGE
PAR L'IMPRIMERIE FLOCH
À MAYENNE EN AOÛT 2023

N° d'impression : 103094
Imprimé en France